卷八

韻目

[一] 毛鈔「笑」字作「笑」。馬校：「『笑』，局作『笑』，下大字宋本亦作『笑』。」

[二] 呂校：「《廣韻》作《三十七號》。」

[三] 明州本、潭州本、金州本、毛鈔、錢鈔注「遊」字作「进」。余校、段校、韓校、陸校、龐鴻文校、錢振常校同。

[四] 余校「吉」字作「古」。

[五] 呂校：「《廣韻》作《四十八嶝》。」

[六] 明州本、毛鈔、錢鈔「倏」字作「焂」。馬校：「『焂』宋誤，局作『倏』。」

[七] 明州本、毛鈔、錢鈔「纫」字作「幼」。段校、龐校、錢振常校同。馬校：「局誤从刀，下大字同。」

[八] 呂校：「《廣韻》作《五十六㮇》、《五十七釅》、《五十九鑑》。」

[九] 明州本、錢鈔注「乏」字作「乏」。余校、龐校、錢振常校同。

[一〇] 明州本、錢鈔注「儳」字作「懺」。余校、龐校、錢振常校同。

三十二霰

[一] 毛鈔注「稷」字作「積」。明州本、潭州本、金州本、錢鈔注作「稷」，是。馬校：「『積』，局作『稷』，『稷』是也。」方校：「案：稷雪謂雪似稷是也。宋本及《廣韻》引作『積』，誤。」

[二] 余校：「『敝』作『敝』。」

[三] 潭州本、金州本、毛鈔「鑛」字作「鑛」。龐校、錢氏父子校同。馬校：「局作『鑛』，少一畫。」

[四] 明州本、潭州本、金州本、毛鈔、錢鈔注「戈」字作「或」。余校、韓校、陳校、陸校、龐校、錢氏父子校同。方校：「案：『或』譌『戈』，據宋本及《類篇》正。」

[五] 明州本、毛鈔、錢鈔注「十」下有「九」字。龐校、錢氏父子校同。馬校：「『九』，局脱。」方校：「案：『十』下奪『九』字，據宋本補。」

[六] 錢鈔注「染」字作「染」。錢氏父子校同。

[七] 明州本、潭州本、金州本、錢鈔注「裕」字作「裕」。龐氏父子校同。

[八] 明州本、毛鈔、錢鈔「鑛」作「鑛」，少一畫。

[九] 馬校：「凡从『薦』諸字，宋皆如此作，局多作『薦』。」

[一〇] 余校「廾」作「艸」。陳校同。丁校據《說文》作「艸」。又明州本、金州本、毛鈔、錢鈔注「袖」字作「神」。余校、陳校、陸校、龐校、錢校同。馬校：「『神』，局誤『袖』。」丁校據《說文》作「神」。方校：「案：『艸』譌『廾』，『神』譌『袖』，據宋本及《說文》正。『鼠』當从《爾雅・釋艸》作『黍』。」

[一一] 方校：「案：二徐本同。《類篇》『蓆』作『席』。」

[一二] 方校：「案：《廣雅・釋室》『籬』作『杝』，音義同。」

[一三] 方校：「案：二徐本同。《類篇》『兮』作『也』。」

[一四] 余校作「沔」。陳校同。方校：「案：『沔』譌『汅』，據《廣韻》正。」

[一五] 方校：「案：古體當作『䨮』，此小徐本也。大徐本作『䨮』。」按：明州本、潭州本、金州本、毛鈔、錢鈔「霫」字作「䨮」。錢校同。

[一六] 明州本、毛鈔、錢鈔注「𠂤」字作「𠂤」。余校、龐校、錢校同。
[一七] 明州本、毛鈔、錢鈔「昀」字作「昫」。顧校同。馬校：「局作『昫』，二點。」
[一八] 方校：「案：《類篇》『燈』作『鐙』。」
[一九] 按：《説文》見《水部》，注「浾」字作「滋」。
[二〇] 錢鈔注「染」字作「染」。錢校同。
[二一] 方校：「案：『大』譌『人』，據《廣韻》、《類篇》正。」按：明州本、金州本、毛鈔、錢鈔注「人」字正作「大」。錢校同。馬校：「『大』，局誤『人』。」潭州本作「人」，亦誤。
[二二] 明州本、毛鈔、錢鈔注「系」字作「糸」。錢校同。馬校：「从『糸』，局誤『系』。凡『糸』局多誤『系』。」
[二三] 余校「戻」作「戾」。
[二四] 陳校：「『治』，别本《説文》作『冶』。」方校：「案：大徐本『冶』作『冶』，此與《類篇》竝从小徐，宋本同。」
[二五] 陳校：「『治』一作『冶』。」方校：「案：二徐本及《類篇》『治』作『冶』，段氏據此校正。」
[二六] 方校：「案：《廣雅》未見，王本列《釋詁二》。」
[二七] 陳校：「《廣韻》作『僆』。」丁校同。方校：「案：《爾雅・釋畜》『㦁』字作『僆』。」
[二八] 陳校：「『繩』，《廣韻》作『鱦』。」丁校同。方校：「案：《廣韻》作『如鱦』。」
[二九] 陳校：「『雀』，《類篇》作『鵲』。」
[三〇] 明州本、毛鈔、錢鈔注「日」字作「曰」。龐校、錢校同。馬校：「『曰』，局作『日』。」
[三一] 明州本、毛鈔、錢鈔注「曰」字提行，右行五字，左行六字。龐校：「宋本右行五字，左行六字。右行『也』字下微空，應有『一』字，《類篇》可據。」錢校：「《類篇》：『一曰朝也。』」
[三二] 方校：「案：『見』上奪『日』字，據《説文》補。」
[三三] 段校：「『商陸』二字作『莧』。」馬校：「『商陸』二字作『莧』也，宋本亦誤。」

[三四] 陳校：「『飲』當作『歐』。按：《類篇》作『飲』，亦誤。」
[三五] 方校：「案：『韅』譌从華，據《廣韻》、《類篇》正。」按：明州本、潭州本、金州本、毛鈔、錢鈔「韅」字正作「韅」。陳校、陸校、龐校、錢校同。馬校：「『韅』，局作『韅』。」按：下輕甸切字从革，作「韅」。
[三六] 方校：「案：『牽』譌『牽』，注又譌『牽』，據《類篇》正。」按：明州本、潭州本、金州本、毛鈔、錢鈔「牽」字及注「牽」字皆作「牽」。顧校、陸校、龐校同。
[三七] 馬校：「『㯶』，局作『㯶』，誤。」
[三八] 方校：「案：『佷』，《廣雅・釋詁三》作『很』，从隸則當作『很』，此从人，非。」
[三九] 陳校：「『咨』入《線韻》玄戰切。」
[四〇] 方校：「案：《廣雅・釋言》：『呑，咽也。』」
[四一] 方校：「案：『蕑』譌从艸，『㭊』、『枝』竝譌从支，據《説文》正。」按：明州本、潭州本、金州本、毛鈔、錢鈔注作「蕑」。「枝」作「枝」。陳校同。
[四二] 方校：「案：『鷃』當从《類篇》作『鷃』。」
[四三] 方校：「案：『曣』譌『曣』，『㬗』譌『温』，據《廣雅・釋詁三》正。」按：明州本、毛鈔、錢鈔注「曣」字正作「曣」。
[四四] 明州本、錢鈔注「猭」字作「猭」。錢校同。誤。潭州本、金州本、毛鈔作「猭」。
[四五] 明州本、潭州本、金州本、毛鈔、錢鈔注「𦥑」字作「𦥑」。余校、韓校、陳校、顧校、陸校、龐校、錢校同。馬校：「注『𦥑』，局作『𦥑』，不成字。」方校：「案：『𦥑』譌『𦥑』，據宋本及本文正。」
[四六] 陳校：「『寰』，古『縣』字。」
[四七] 按：依《説文》順序，「旬」字當列在「眴」字之前。
[四八] 明州本、錢鈔「袨」、「袀」从示。錢校同。非。潭州本、金州本「袀」字从示，亦非。
[四九] 明州本、毛鈔、錢鈔「玹」字作「玹」。龐校同。潭州本、金州本不缺筆。

［五〇］明州本、金州本、毛鈔、錢鈔注「門」字作「門」。余校、韓校、陳校、顧校、陸校、龐校、錢校同。馬校：「『門』，局誤『門』。」方校：「案：『門』譌『門』，據宋本及《類篇》正。」

［五一］方校：「案：『犬』譌『大』，據《爾雅・釋獸》注正。」按：明州本、金州本、毛鈔、錢鈔注「大」字正作「犬」。余校、韓校、陳校、顧校、陸校、龐校、錢校同。馬校：「『犬』，局誤『大』。」

［五二］余校：「『綱紐』作『網細』。」

［五三］明州本、毛鈔、錢鈔「泫」、「玄」及注「泫」、「眩」並缺末筆。顧校、錢校同。

［五四］方校：「案：《類篇》『湣』作『湣』。」按：明州本、毛鈔、錢鈔注「湣」字正作「湣」。錢校同。

［五五］方校：「案：『徇』譌『佝』，『巡』譌『迷』，據《釋言》正。」

［五六］方校：「案：『眴』譌『眴』，注『目』譌『日』，據《說文》、《類篇》正。」按：明州本、潭州本、金州本、毛鈔、錢鈔注「日」字正作「目」。韓校、陳校、龐校、錢校同。

［五七］明州本、金州本、毛鈔、錢鈔「敻」字作「敻」。顧校、龐校同。段校：「凡唐人作字如此，下同。」馬校：「凡從『敻』諸字，宋皆如此作，局俱作『敻』，非。」錢校：「凡从此字者皆同。」按：《說文・旻部》作「敻」。

［五八］明州本、錢鈔「譞」字作「譞」。錢校同。按：當作「譞」。

［五九］按：依前熒絹切，此字似當从衣作「袦」。

［六〇］馬校：「『扃』，局俱誤『扃』。」

［六一］毛鈔注「醽」字作「醽」。余校、陳校、龐校、錢校同。按：明州本、錢鈔「駒」字誤「駒」，注「醽」作「驑」，亦誤。

［六二］按：「眩」據前熒絹切當作「眩」，从貝。

［六三］明州本、潭州本、金州本、毛鈔、錢鈔「枝」字作「枍」。段校、韓校、陳校、顧校、龐校、錢校同。馬校：「局作『枝』，不成字。」方校：「案：『枍』譌『枝』，據宋本及《類篇》正。」

［六四］方校：「案：《本味篇》『甘而不噮』，注：『噮一作壞。』疑『壞』即『噮』字之譌。」

［六五］陳校：「『偏』入《線韻》。」某氏校：「『偏』，《廣韻》方見切，入《三十三線》部。」

［六六］明州本、毛鈔、錢鈔「辨」字作「辨」。陳校、龐校、錢氏父子校同。與注文合。

［六七］毛鈔注「趸」字作「趸」。陳校、錢氏父子校同。馬校：「局作『趸』，不成字。」

［六八］明州本、金州本、毛鈔、錢鈔「辨」字作「辨」。龐校、錢氏父子校同。陳校：「『辯』當从水，又見上聲《銑韻》婢典切。」又明州本、潭州本、金州本、毛鈔、錢鈔注「囬」字作「回」。韓校、顧校、龐校、錢校同。某氏校：「《爾雅》『辨』作『辨』，『囬』作『回』，今據改。」

［六九］明州本、毛鈔、錢鈔「麪」字作「麪」。陳校、顧校、龐校同。余校「丏」並从「丐」。又明州本、金州本、毛鈔、錢鈔注「暿」字作「眠」。韓校、龐校、錢振常校同。方校：「案：『麪』譌『麪』，『眠』譌『暿』，據宋本正。『末』當从《說文》作『末』。」按：明州本、金州本、錢鈔注「末」字正作「末」。余校、段校、陸校同。

［七〇］陳校：「『暿』當作『眠』。」錢校同。方校：「案：『眠』譌『暿』，據《類篇》正。」

［七一］明州本、毛鈔、錢鈔「眄」字作「眄」。余校、顧校同。

［七二］《說文》「衺視」下有「秦語」二字。按：《方言》第二：「自關而西秦晉之間曰眄。」有「秦語」二字疑是。

［七三］明州本、毛鈔、錢鈔注「汙皿」作「污血」。韓校、陳校、龐校、錢振常校同。潭州本、金州本注「皿」字作「血」。方校：「案：宋本及《說文》、《類篇》『汙』竝作『污』，今正。『皿』當作『血』。」

［七四］顧校：「『絧』作『絧』。」按：《類篇・糸部》正作「絧」。參見入聲《屑韻》莫結切「絧」字。

［七五］方校：「案：『幎』當从《廣韻》作『幎』。下文『幎』譌『幎』，據《儀禮・士喪禮》正。」按：明州本、金州本、毛鈔、錢鈔「幎」字正作「幎」。余校、顧校、龐校、錢氏父子校同。

［七六］明州本、金州本、毛鈔、錢鈔「幎」字作「幎」。顧校、龐校、錢氏父子校同。

［七七］方校：「案：此見《廣雅・釋詁三》。『㒼』當作『㒼』。」

［七八］方校：「案：《類篇》眦汚切，字異音同。」

三十三綫

[一] 方校：「案：大徐本『苺』作『莓』，此與《類篇》竝从小徐爲是。《説文》有『苺』無『莓』。」按：大徐本作「苺」不誤。
[二] 明州本、錢鈔注「白」字作「曰」。錢振常校同。非。潭州本、金州本、毛鈔作「白」。
[三] 余校「歆」字作「欲」。
[四] 明州本、金州本、毛鈔、錢鈔「挿」字作「插」。韓校、顧校、龐校、錢氏父子校同。方校：「案：『插』譌『挿』，據宋本正。」
[五] 明州本、金州本、毛鈔、錢鈔注「右」字作「古」。韓校、顧校、陸校、錢氏父子校同。馬校：「『古』，局誤『右』。」方校：「案：『古』譌『右』，據宋本及《類篇》正。」
[六] 余校「瀳」作「瀸」。陳校：「《廣韻》作『瀸』。」
[七] 明州本、潭州本、金州本、毛鈔、錢鈔注「九」字作「吮」。韓校、陳校、陸校、龐校、錢氏父子校同。馬校：「『吮』，局誤『九』。」丁校據《説文》改「吮」。方校：「案：『吮』譌『九』，據宋本及《説文》正。」
[八] 明州本、錢鈔兩「染」字竝作「染」。錢振常校同。
[九] 明州本、金州本、毛鈔、錢鈔「淀」字作「淀」。韓校、顧校、龐校同。錢振常校：「从『辵』之字同，竝从『辵』。」
[一〇] 明州本、潭州本、金州本、毛鈔、錢鈔注「囬」字作「回」。段校、錢校同。
[一一] 余校：「『紿』作『始』。」陳校同。方校：「案：《類篇》『紿』作『始』，當據正。」
[一二] 明州本、毛鈔、錢鈔「圎」字作「圓」。段校、龐校、錢氏父子校同。馬校：「『圓』，局作『圎』。」
[一三] 方校：「案：『篭』譌『篭』，據《類篇》正。」按：明州本、潭州本、金州本、毛鈔、錢鈔注「篭」字正作「篭」。陳校、龐校、錢氏父子校同。

[一四] 明州本、錢鈔注「扞」字作「开」。錢校同。誤。潭州本、金州本作「扞」。與《説文》合。
[一五] 方校：「案：《方言》六：『寋、展，難也。若秦晉之言相憚矣。齊魯曰燀。』燀，音昌羨反。此與《類篇》正文及注作『憚』，竝誤。」按：《方言》「寋」爲「蹇」之誤，玄應音義引作「謇」，錢繹據改。
[一六] 按：《類篇·巾部》「幝」又足戰切，無車衣義。
[一七] 潭州本、金州本「韗」字作「鞸」。明州本、錢鈔、毛鈔作「鞸」。韓校、陳校、龐校、錢校同。
[一八] 明州本、毛鈔、錢鈔注「罾」字作「罝」。韓校、龐校、錢氏父子校同。馬校：「『罝』，局作『罾』。」
[一九] 方校：「案：『作戰』譌『从獸』，據《類篇》正。」按：明州本、錢鈔注「从」字正作「作」。段校、陸校、龐校、錢氏父子校同。馬校：「『作戰』，局作『从獸』。」
[二〇] 方校：「案：《廣雅·釋言》『僐』作『僐』。」
[二一] 馬校：「『襢』，局誤从示。」
[二二] 方校：「案：《達生篇》釋文『亶』或音檀，此音時戰切，豈誤切『檀』爲『擅』耶？」
[二三] 明州本、錢鈔注「轉」字作「囀」。錢校同。與《廣韻》合。
[二四] 陳校：「『卑』，《玉篇》作『卤』，即『卣』字。」方校：「案：『卑』，《説文》作『𠧪』，此分三筆不連，誤。」
[二五] 陳校：「『曰』《方言》作『爲』。」
[二六] 方校：「案：『揣』譌从木，據《方言》十二及本文正。」按：明州本、潭州本、金州本、毛鈔、錢鈔注「揣」字正作「揣」。
[二七] 明州本、錢鈔注「土」字作「七」，「璊」字作「瑞」。誤。潭州本、金州本、毛鈔不誤。段校、陳校、陸校、龐校、錢氏父子校同。
[二八] 明州本、錢鈔「卯」字作「吧」，注「卩」作「巴」。龐校、錢振常校同。
[二九] 明州本、毛鈔、錢鈔「倸」字作「俕」。龐校、錢振常校同。
[三〇] 段校宋本作「俕」。黃校：「彭年按：注『或作俕』，宋本出『俕』字，是也。」錢振常校：「注作『俕』。」

[三一] 陳校：「『膳』同『饌』，見《儀禮》。」

[三二] 明州本、錢鈔「驢」字作「驢」。錢校同。

[三三] 明州本、毛鈔、錢鈔「纒」字作「纏」。顧校、龐校、錢校同。方校：「案：『纏』譌『纒』，據宋本及《廣韻》正。」

[三四] 方校：「案：《爾雅·釋獸》：『麎，其跡躔。』無別體，《類篇》與此同。」

[三五] 方校：「案：『按』譌从木，據《廣韻》、《類篇》正。」按：明州本、金州本、毛鈔、錢鈔注「桉」字正作「按」。余校、陳校、龐校、錢振常校同。

[三六] 陳校：「『僆』入《霰韻》郎甸切。《爾雅》注：『江東呼雞少者曰僆。』」

[三七] 明州本、潭州本、金州本、毛鈔、錢鈔「聯」字作「聨」。

[三八] 明州本、潭州本、金州本、毛鈔、錢鈔注「辵」字作「辵」。龐校、錢振常校同。

[三九] 明州本注「胥」字作「胥」。錢校同。

[四〇] 明州本、毛鈔、錢鈔注「璧」字作「璧」。誤。《説文·玉部》「瑑」篆注作「璧」。

[四一] 明州本、金州本、毛鈔、錢鈔注「兆」字作「兆」。余校、顧校、龐校、錢振常校同。方校：「案：『兆』譌『兆』，據《説文》正。」

[四二] 方校：「案：『土』譌『上』，據《類篇》正。」按：明州本、潭州本、金州本、毛鈔、錢鈔注「上」字正作「土」。段校、陳校、陸校、龐校、錢振常校同。馬校：「『土』，局誤『上』。」

[四三] 方校：「案：『桷』譌『桶』，據《爾雅·釋宮》郭注正。」按：明州本、金州本、毛鈔、錢鈔注「桶」字正作「桷」。余校、陳校、龐校、錢振常校同。

[四四] 明州本、毛鈔、錢鈔「䜌」字作「䜌」。韓校、龐校、錢振常校同。方校：「案：古體宋本作『䜌』，《類篇》作『䜌』，今从宋本。」

[四五] 《類篇·艸部》無注「似」字。按：《説文·艸部》：「蘳，皃葵也。」「似」字不當有。

[四六] 明州本、毛鈔、錢鈔注「俟」字作「矦」。陳校、龐校、錢氏父子校同。

[四七] 余校作「遣」。方校：「案：『𥉝』从目延，延亦聲。此譌『遣』，據《説文·目部》正。」

[四八] 明州本、毛鈔、錢鈔注「汚」字作「汙」。陳校、龐校、錢校同。

[四九] 明州本、錢鈔注「溢」字作「益」。龐校、錢校同。

[五〇] 方校：「案：『颯』譌『颯』，據本文正。《玉篇》作『颮』，《廣韻》作『颯』，同。」

[五一] 明州本、毛鈔、錢鈔注「抁」字作「抁」。段校：「宋作『抁』。」馬校：「宋誤，局作『抁』。」

[五二] 陳校：「『狷』又入《線韻》扃縣切，褊急也。」按：《廣韻·三十二霰》古縣切：「狷，褊急。又古縣切。」

[五三] 余校：「『齊』當作『濟』。」方校：「案：『濟』譌『齊』，據《説文》及《後漢·郡國志》正。」按：明州本、毛鈔、錢鈔注「齊」字作「濟」。陳校、陸校、龐校、錢校同。馬校：「局誤『齊』。」丁校據《郡國志》作「濟」。

[五四] 余校：「『焉』當作『烏』。」蓋據《廣韻》。

[五五] 陳校：「『彊』入《線韻》，扃縣切。」按：見《廣韻·三十二霰》古縣切。

[五六] 某氏校：「『彥』譌『彥』。以《説文》校改，凡从『彥』者放此。」

[五七] 方校：「案：『引』下奪『引』字，據本書通例增。《釋器》二語到。」

[五八] 余校「絃」作「袨」。

[五九] 明州本、毛鈔、錢鈔注「柳」字作「枊」。錢校同。潭州本、金州本注作「柳」。

[六〇] 方校：「案：『眉』从二横『目』，此譌『眉』，據《説文》正。」按：明州本、毛鈔、錢鈔「眉」字正作「眉」。顧校、馬校、龐校、錢校同。

[六一] 方校：「案：《類篇》『劵』入《卪部》，與《弓部》之『劵』不同，注當依正文从弓。」按：明州本、潭州本、金州本、毛鈔、錢鈔注「劵」字作「劵」。段校、顧校、馬校、龐校同。

[六二]　毛鈔注「盉」字作「盂」。韓校、錢校同。

[六三]　陳校「蝜」从資。方校：「案：『蝜』譌从貧，據《方言》十一正。」段校「蝜」作「蜡」，云：「宋亦誤。」陸校、馬校同。

[六四]　《説文》見《糸部》，「鮮」上脱「白」字。按：曹本脱「鮮」字。方校：「案：『色』上缺『鮮』字，據宋本及《類篇》補，《説文》『鮮』上并有『白』字。」

[六五]　明州本、潭州本、金州本、毛鈔、錢鈔「埢」字上空二格。段校、韓校、陸校、龐校、錢校同。方校：「案：宋本『埢』上空二格，陳侍御謂當有缺文，未必然也。」

[六六]　余校：「案：《漢書・地理志》安邑是縣，則陮非縣名矣。」按：《説文・𨸏部》：「陮，河東安邑陬也。」則「陮」是陬名，非縣。

[六七]　方校：「案：『叒』譌『叕』，據《説文・叒部》正。」按：明州本、潭州本、金州本、毛鈔、錢鈔「叕」字正作「叒」。韓校、陳校、顧校、龐校、錢校同。馬校：「『叒』，局誤『叕』。」

[六八]　方校：「案：『名』譌『也』，據《類篇》正。」

[六九]　方校：「案：『禩』譌『禩』，據《類篇》正。」按：明州本、毛鈔、錢鈔「禩」字正作「禩」。段校、陳校、龐校、錢校同。

[七〇]　金州本注「羡」字作「羨」。段校同。馬校：「『羡』，局作『羨』，俗。」

[七一]　方校：「案：《廣韻》、《類篇》、《韻會》竝彌箭切，字異音同。」按：明州本、錢鈔注「葥」字作「箭」。錢校同。

[七二]　方校：「案：『偭』譌『偭』，據《説文》正。」

[七三]　陳校：「『偝』，一作『偝』，見《博雅》『偭，偝也』。《玉篇》：『偭，面背也』。」方校：「案：『偝』，當从《類篇》作『偝』。」按：明州本、錢鈔注「偝」字正作「偝」。龐校、錢校同。金州本作「偝」，亦誤。

[七四]　方校：「案：『變』譌从攵。據《説文》、《韻會》。謂『俗作櫋非』，不收『櫋』字。」按：明州本、毛鈔、錢鈔注「櫋」字作「擾」。韓校、顧校、陸校、龐校、錢校同。馬校：「『擾』，局从木。」

[七五]　明州本、毛鈔、錢鈔注「弁」下有「絣」字。韓校、龐校、錢校同。方校：「案：『弁』下奪『絣』字，據宋本及本文補。」

[七六]　方校：「案：『傾也』譌『碩兒』，據《類篇》正。」按：明州本、錢鈔注「碩」字作「傾」。陸校、錢校同。毛鈔作「頃」。段校同。馬校：「『頃』，局誤『碩』。」

[七七]　方校：「案：『榑』譌『榑』，據《説文》正。」按：明州本、金州本、毛鈔、錢鈔「榑」字正作「榑」。龐校、錢校同。

[七八]　明州本、金州本、毛鈔、錢鈔注「忭」字作「玣」。陳校、龐校、錢校同。方校：「案：『玣』譌『忭』，據《類篇》及本文正。」馬校：「『玣』，局誤『忭』。」

[七九]　明州本、毛鈔、錢鈔注「弁」字作「犿」。余校、龐校、錢校同。方校：「案：宋本及《類篇》云：『或作犿。』」

[八〇]　方校：「案：『搏』譌『搏』，『門』譌『門』，據《類篇》正。」按：明州本、潭州本、金州本、毛鈔、錢鈔注「搏」字作「搏」，明州本、毛鈔、錢鈔注「門」字作「門」。陳校、陸校、龐校、錢校同。顧校「搏」字作「搏」。

[八一]　明州本、錢鈔注「闉」字作「冂」。龐校、錢校同。按：潭州本、金州本、毛鈔作「闉」。

[八二]　明州本、金州本、毛鈔、錢鈔「頗」字作「頍」。龐校、錢校同。陳校从「支」。丁校：「字書無『頗』字，《説文》：『頍，舉頭也。』《五音集韻》：『頍，弁小而鋭。』則此當係『頍』字之誤。」方校：「案：『頍』譌『頗』，據《説文》、《類篇》正。宋本作『頍』，亦誤。」按：蒙所見毛鈔作「頍」。

[八三]　陳校：「《周禮》『革』作『苟』。」

[八四]　陳校：「『謹』，《博雅》作『慬』。」方校：「案：舊本《廣雅・釋詁四》及《類篇》同，王氏校本『謹』作『慬』。」

[八五]　方校：「案：『升』譌『外』，據《類篇》正。」按：明州本、毛鈔、錢鈔注「外」字作「升」。汪校、陳校、龐校、錢校同。潭州本、金州本「外」字作「外」。

[八六]　明州本、錢鈔「傁」字作「傁」。馬校：「『傁』，局从虔，字作『傁』，『虔』即『虔』之隸俗。」

三十四嘯

[一] 明州本、潭州本、金州本、毛鈔、錢鈔注「擊」字作「擊」。錢校同。

[二] 方校：「案：《説文》『弔』作『𢎘』，故有此訓。」

[三] 余校「當」作「常」。陳校：「『當』，《玉篇》作『常』。」方校：「案：『常』譌『當』，據《玉篇》、《類篇》正。」

[四] 明州本、毛鈔、錢鈔注「鈎」字作「鉤」。龐校同。

[五] 明州本、金州本、錢鈔注「釣」字作「魡」。龐校、錢校同。吕校：「宜作『魡』。」

[六] 明州本、潭州本、金州本、毛鈔、錢鈔注「摽」字作「標」。龐校、錢校同。方校：「案：『標』譌从手，據宋本及《莊子・庚桑楚》注正。」又明州本、毛鈔、錢鈔「準」字作「準」。馬校：「局作『摽準』。」

[七] 方校：「案：『艸』下《説文》有『木』字，《類篇》同，當據補。」

[八] 龐校「轂」字作「轂」。錢校同。

[九] 方校：「案：『轂』譌『轂』，據《説文》正。」按：毛鈔注正作「轂」。龐校、錢校同。明州本、潭州本、金州本、錢鈔作「轂」，亦誤。

[一〇] 方校：「案：『矦』譌『倏』。據《説文》正。」按：明州本、潭州本、金州本、毛鈔、錢鈔注「倏」字作「侯」。龐校、錢校同。

[一一] 段校作「絲」。

[一二] 明州本、毛鈔、錢鈔注「煉」字作「煉」。陳校、龐校、錢校同。

[一三] 毛鈔作「鐵有文文之鐃」。馬校：「『第二文』字局刻作『謂』，是也。宋誤。」

[一四] 明州本、錢鈔注「皃」字作「也」。龐校、錢校同。

[一五] 明州本、錢鈔「糶」字作「糶」。注「糶」字作「糴」。錢校同。按：正文與注皆當爲「糴」。

[一六] 方校：「案：『莜』譌从竹，據《類篇》正。」按：明州本、金州本、毛鈔、錢鈔注「筱」字正作「莜」。錢校同。馬校：「『莜』，局从竹作『筱』。」

[一七] 按：「轂」當作「轂」。

[一八] 明州本、毛鈔、錢鈔「偹」字作「倏」。汪校同。方校：「案：『倏』當从宋本作『倏』。」

[一九] 方校：「案：大徐本『堇』作『蓳』，段氏據此及小徐本、李仁甫本正。『商』當作『啇』，《爾雅・釋艸》作『蔏』，許書《艸部》無。」按：明州本、毛鈔、錢鈔注「商」字正作「啇」。龐校、錢校同。段校：「宋本作『啇』。」馬校：「『啇』，局誤『商』。」

[二〇] 陳校：「『養』，《類篇》作『養』。」丁校據《類篇》改「性」作「牲」。方校：「案：『養牲』譌『養性』，據《類篇》正。《類篇》『室』下有『也』字。」按：明州本、毛鈔、錢鈔注「性」字正作「牲」。龐校、錢校同。又明州本、錢鈔注「養」字作「養」。

[二一] 明州本、毛鈔注「煉」字作「煉」。陳校、陸校、龐校同。

[二二] 馬校：「『挹』當爲『揖』，宋亦誤。」陸校同。方校：「案：『揖』譌『挹』，據《前漢書・司馬相如傳》注正。」

[二三] 明州本、金州本、毛鈔、錢鈔注「系」字作「糸」。顧校、龐校、錢校同。馬校：「『系』作『糸』，正字當作『糸』。」

[二四] 方校：「案：《度尚碑》：『料敵制勝。』『料』作『料』，此失收。」

[二五] 某氏校：「注『美』譌『美』，以《爾雅・釋器》釋文校改。」按。明州本、金州本、毛鈔、錢鈔注「美」字正作「美」。錢校同。

[二六] 余校从「宂」改「九」。

[二七] 明州本、毛鈔、錢鈔注「徃」字作「往」。顧校同。馬校：「『往』，局作『徃』，非。」

[二八] 陳校：「『熮』入《笑韻》，音尞。」

[二九]　方校：「案：《釋木》『聊』只音寮。注『扏』當从《釋木》作『朻』。」按：明州本、潭州本、金州本、毛鈔、錢鈔注「扏」字正作「朻」。陳校、龐校、錢校同。馬校：「『朻』，局誤『扏』。」

[三〇]　明州本、潭州本、金州本、毛鈔、錢鈔注「鼿」字作「鼽」。段校、龐校、錢校同。馬校：「『鼽』，局誤『鼿』。」

[三一]　明州本、潭州本、金州本、毛鈔、錢鈔「尿」字作「屎」。龐校同。

[三二]　方校：「案：『歟』譌『歗』，據《類篇》正。」按：方氏蓋據段玉裁説。《説文·欠部》「歗」篆段注：「又出『歟』篆，下當云『悲意，从欠，奥聲』。今本舛奪，故《廣韻》、《集韻》仍之。『歗』注『悲意，火弔切』，非也。《類篇》『歟』注『馨叫切，悲意』，是也。」

[三三]　《廣韻》「也」字作「皃」。

[三四]　馬校：「『撽』，局誤从木作『檄』。」丁校據《廣韻》作「撽」。方校：「案：『撽』譌从木，據《廣韻》正。」按：明州本、潭州本、金州本毛鈔、錢鈔注「檄」字正作「撽」。陳校、顧校、陸校、龐校、錢校同。

[三五]　顧校「執」字作「軌」。馬校同。

[三六]　方校：「案：《類篇》『説』作『讀』。」

[三七]　潭州本、金州本、毛鈔「䛒」字作「嘂」。顧校、陸校、龐校、錢校同。方校：「案：『嘂』當从《類篇》作『嘂』，宋本及《篇》、《韻》作『䛒』，亦通。《公羊·昭二十五年傳》止作『噭』。釋文古弔、古狄二音。」

[三八]　陳校：「从『欠』，《玉篇》又公的切。」馬校：「《説文》作『歒』，宋亦誤。」

[三九]　陳校：「《説文》作『亯』。」

[四〇]　馬校：「『嗅』當譌『臭』，宋亦誤。下倪弔切注同。」

[四一]　陳校：「『鼽』，《廣韻》作『鼽』。」

[四二]　陳校：「『䠗』當作『䠛』。」方校：「案：『䠛』譌『䠗』，據《類篇》及前徒弔切『踔』注正。」

[四三]　明州本、錢鈔「僄」字作「傈」。錢校同。

[四四]　明州本、毛鈔、錢鈔注「𤸎」字作「癡」。陳校、陸校、龐校、錢校同。馬校：「『癡』，局作『𤸎』，不成字。」丁校據《類篇》作「癡」。方校：「案：『癡』譌『𤸎』，據宋本及《類篇》正。」

[四五]　方校：「案：『狂』譌『在』，據《類篇》及《廣雅·釋詁四》正。」按：明州本、毛鈔、錢鈔注「在」字正作「狂」。陳校、龐校、錢校同。

三十五笑

[一]　方校：「案：『霄』疑當作『宵』。《前漢書·刑法志》：『人宵天地之貌。』」按：方校是。

[二]　方校：「案：《文選·木華〈海賦〉》『澗泋潾而爲魁』，注：『澗泋，峻波也。』字當以『澗』爲正，『泋』爲或體。『浚』字《廣韻》、《韻會》竝作『峻』，當據正。」

[三]　方校：「案：『箾』譌『竹』，據《説文》、《類篇》正。」

[四]　陳校：「『縛』作『縛』。」方校：「案：『縛』譌从專，據《廣韻》、《類篇》正。」

[五]　顧校：「『筋』作『筋』。」馬校：「當爲『筋』，宋亦誤。」方校：「案：『筋』譌从助，據《類篇》正。」

[六]　段校：「『削格』見《吳都賦》。」

[七]　方校：「案：『傻』譌『傻』，據《類篇》正。」

[八]　方校：「案：當从《説文·酉部》作『醮樵』，《類篇》不誤。」

[九]　明州本、潭州本、金州本、毛鈔、錢鈔注「飲」字作「飲」。余校、陳校同。馬校：「局作『飲』，不成字。」方校：「案：大徐本『飲』作『歓』，此與《類篇》从小徐。『飲』當作『飲』。」

[一〇]　方校：「案：『趭』字《廣雅·釋室》同，《類篇》、《韻會》作『趭』，二字古通用。」

[一一] 方校：「案：『犧』當作『犧』，《呂覽・本味篇》『猳』作『猳』，與許書異。」按：明州本、毛鈔、錢鈔注作「犧」，非。潭州本、金州本注作「犧」，亦非。

[一二] 方校：「案：『扌』當从《類篇》《韻會》作『才』。」按：明州本、潭州本、金州本、毛鈔、錢鈔注「扌」字正作「才」。余校、陳校、顧校、錢校同。馬校：「『才』，局誤『扌』，不成字。」

[一三] 明州本、錢鈔注「誰」字作「誚」。龐校、錢校同。與《説文》合。

[一四] 方校：「案：『爇』譌『熱』，據《説文》正。」按：明州本、金州本、毛鈔、錢鈔注「熱」字作「爇」。陳校、顧校、龐校、錢校同。馬校：「『爇』，局作『熱』。」潭州本作「爇」。

[一五] 方校：「案：此新修字義十九文之一，段本無。」

[一六] 明州本、毛鈔、錢鈔注「臿」字作「臿」。余校、韓校、顧校、龐校、錢校同。方校：「案：『陧』入《自部》，此作『垔』，非。『臿』當从宋本作『臿』。」

[一七] 方校：「案：『宗』下奪『説』字，據《類篇》補。」按：明州本、潭州本、金州本、毛鈔、錢鈔注「宗」下有「説」字。陳校、龐校同。段校：「『説』當作『讀』。」馬校：「『説』當爲『讀』，局脱空。」陸校補「讀」字。

[一八] 方校：「案：今《廣雅・釋言》『卜』下空二格，王氏據此及《類篇》於『卜』上補『卟』字。」

[一九] 方校：「案：《類篇》『到』作『倒』，以『到』字爲古。」

[二〇] 方校：「案：『袟』譌从失，《類篇》又譌夬。據《廣雅・釋器下》正。王氏校改『夫』。」按：毛鈔注「袟」字作「袂」。余校、陸校、龐校、錢校同。馬校：「『袂』，局从礻，誤。」

[二一] 明州本、錢鈔注「評」字作「詩」。錢校同。非。潭州本、金州本、毛鈔作「評」。

[二二] 段校「窔」作「窔」。陸校同。方校：「案：『窔』當作『窔』，方合『从火』之義。」

[二三] 明州本、潭州本、金州本、毛鈔、錢鈔「襍」字作「襍」。陳校、顧校、陸校、龐校、錢校同。方校：「案：『襍』當从《類篇》作『襍』。」

[二四] 方校：「案：『柴』下譌从禾，據《説文》正。」按：明州本、潭州本、金州本、毛鈔、錢鈔注「柴」字正作「柴」。顧校、陸校、龐校、錢校同。馬校：「『柴』，局誤从禾。」

[二五] 方校：「案：『簝』譌『簝』，據《説文》正。」按：明州本、金州本、毛鈔、錢鈔「簝」字正作「簝」。馬校：「『簝』，局誤『簝』。」

[二六] 方校：「案：『㯷』當从《類篇》作『鏁』。」按：明州本、毛鈔、錢鈔注「㯷」字正作「鏁」。陳校、顧校、龐校同。

[二七] 方校：「案：『鳭』譌从力，據《爾雅・釋鳥》正。《類篇》止作『刀』。」按：明州本、潭州本、金州本、毛鈔、錢鈔「鳭」字正作「鳭」。段校、陸校、龐校、錢校同。陳校：「从刀。」馬校：「『鳭』，局誤从力作『鳭』。」

[二八] 方校：「案：『笓』譌『笓』，『薄』譌『薄』，據《釋宮》正。」按：明州本、潭州本、金州本、毛鈔、錢鈔「笓」字正作「笓」。余校、顧校、龐校同。馬校：「局誤『笓』，注不誤。」

[二九] 毛鈔「莔」字作「萅」。韓校、陳校、馬校、龐校、錢校同。方校：「案：『萅』譌『莔』，據宋本及《廣韻》正。《類篇》『菟』止作『兔』。」

[三〇] 陳校：「『冗』作『瓦』。」按：明州本、潭州本、金州本、毛鈔、錢鈔注「冗」字作「穴」。

[三一] 明州本、錢鈔「臼」字作「臼」。錢校同。誤。潭州本、金州本作「臼」，不誤。

[三二] 方校：「案：『剽姚』見《史記》，《漢書》作『票姚』，《漢紀》作『票鷂』。」

[三三] 明州本、毛鈔、錢鈔「曜」字下空一格。龐校、錢校同。馬校：「宋本『曜』下空，局不空。」

[三四] 明州本、潭州本、金州本、毛鈔、錢鈔注「瘠」字作「瘠」。錢校同。馬校：「『瘠』，局誤『瘠』。」

[三五] 明州本、毛鈔、錢鈔「鷌」字作「鷌」。龐校、錢校同。

[三六] 方校：「案：《説文》作『[illegible]』，參隸體當从注文作『臾』。」

[三七] 方校：「案：《類篇》『褋』字作『褑』。」

[三八] 明州本、潭州本、金州本、毛鈔、錢鈔注「耵」字作「眇」。陳校、顧校、陸校、龐校、錢校同。馬校：「『眇』，局誤『耵』」，

從耳。」

[三九] 余校「尪」改「尪」，按：諸本仍作「尪」，與全書从「尣」之字一律。

[四〇] 明州本、錢鈔注「皃」字作「貌」。錢校同。

[四一] 明州本、錢鈔注「輿」字作「與」。錢校同。非。潭州本、金州本作「輿」。

[四二] 陳校：「『蕘』字从艸。」

[四三] 毛鈔注「剌」字作「刺」。段校、陳校同。馬校：「『刺』，局誤『剌』，下毗召切誤同。」

[四四] 方校：「案：『瞟』譌从目，據《廣雅・釋詁四》及《廣韻》引《字林》正。」按：明州本、潭州本、金州本、毛鈔、錢鈔「瞟」字正作「瞟」。陳校、龐校、錢校同。

[四五] 方校：「案：《玉篇》、《類篇》『纔』作『裁』，音義同。」按：明州本、錢鈔注「纔」字正作「裁」。龐校、錢校同。

[四六] 明州本、錢鈔「瞟」字作「⿰𧾷票」。非。潭州本、金州本、毛鈔作「瞟」。

[四七] 下文有「驃，馬行疾貌」。方校：「案：此當并爲一條。增《說文》本字『騕』於『驃』上，引《說文》後增『又馬行疾皃，或作驃』八字。」

[四八] 陳校：「『標』當从手作『摽』，落也。」

[四九] 陳校：「『票』，《類篇》作『㶾』，當作『𤐫』。見《宵韻》，卑遙、紕招二切同。」

[五〇] 陳校：「『妙』、『紗』二字好也。『紗』，《廣韻》作『玅』。从玄省。按：精微當从幺。」

[五一] 明州本、潭州本、金州本、錢鈔注「微」字作「㣲」。錢校同。

[五二] 余校「裱」字作「褾」。陳校同。

[五三] 明州本、潭州本、金州本、毛鈔注「袓」字作「祖」。韓校、陳校、龐校、錢校同。

[五四] 馬校：「案：《說文》：『庿，古文。』《儀禮》十七篇皆作『庿』，注皆作『廟』。《周頌》釋文云：『廟，本文作庿，古今字也。』然則經典古文皆作『庿』，今概改『廟』矣。」

[五五] 方校：「案：《類篇》同。《廣雅・釋器上》、《釋名・釋首飾》皆作『簂』，《後漢書・烏桓傳》『簂步搖』，李賢注云：『簂字或爲幗。』是『幗』、『簂』二字古通用。」

[五六] 方校：「案：『撟』譌从木，據《方言》二正。」按：明州本、潭州本、金州本、毛鈔、錢鈔注「橋」字正作「撟」。陳校、顧校、陸校、龐校、錢校同。馬校：「『撟』，局誤『橋』。」

[五七] 方校：「案：『拈』當从《類篇》作『抽』。」按：明州本、潭州本、金州本、毛鈔、錢鈔注「拈」字正作「抽」。陳校、龐校、錢校同。馬校：「『抽』，局誤『拈』。」

[五八] 陳校：「『普』當作『並』，見《玉篇》。」按：作「普視」亦通。《廣韻》弋照切：「覞，普視。《說文》曰：並視也。」伯二〇一一昌召反：「覞，普視。又弋召反。」

[五九] 方校：「案：《天地篇》釋文：『標，又方妙反。』與此有非、幫之別。」

三十六效

[一] 明州本、潭州本、金州本、錢鈔注「方」字作「力」。

[二] 方校：「案：『學』當从《類篇》作『斆』，《禮・檀弓》、《學記》、《文王世子》皆可證。」按：明州本、潭州本、金州本、毛鈔、錢鈔「學」字作「斆」。錢氏父子校同。馬校：「局作『學』，不成字。」

[三] 明州本、毛鈔、錢鈔注「滛」字作「淫」。余校、龐校、錢氏父子校同。陳校从𡈼。

[四] 馬校：「案：《水經・穀水注》及《文選・西征賦》注引呂忱《字林》『孝水在河南』，竝與此合，『孝』與『涍』同。『南』下當有『郡』字。平聲《五支》云『在南郡』，脱『河』字耳，而《廣韻》於此《效韻》又譌作『南陽』。」

[五] 明州本、毛鈔、錢鈔注「鳶」字作「鳶」。段校、顧校、錢氏父子校同。馬校：「『鳶』，局作『鳶』，多一畫，大字不誤。」

[六] 明州本、毛鈔、錢鈔注「人」字作「凡」。龐校、錢氏父子校同。與《方言》第十合。陳校同。

[七] 方校：「案：古文作『[illegible]』，『[illegible]』古『言』字。」按：明州本、毛鈔、錢鈔「䛥」字作「䛥」。陳校同。

[八] 丁校據《說文》「炊」改「灼」。方校：「案：《類篇》同，《說文》『炊』作『灼』。」

[九] 明州本、錢鈔「呦」字作「呦」。龐校、錢振常校同。按：潭州本、金州本作「呦」。馬校：「宋誤，局作『呦』。」

[一〇] 明州本、潭州本、金州本、毛鈔、錢鈔注「窐」字作「窐」。陳校、顧校、陸校、龐校、錢氏父子校同。汪校改从「圭」。馬校：「局作『窐』，不成字。」丁校據《類篇》作「窐」。方校：「案：『窐』譌作『窐』，據宋本正。」

[一一] 明州本、錢鈔「袎」字作「袎」。余校、陳校、龐校、錢氏父子校同。

[一二] 明州本、錢鈔注「襪」字作「襪」。段校、陸校同。

[一三] 按：《廣韻》無「也」字。

[一四] 明州本、毛鈔、錢鈔「豹」字作「豹」。顧校、龐校、錢振常校同。馬校：「『豹』，局誤『豹』。」

[一五] 明州本、金州本、毛鈔、錢鈔「爆」字作「爆」。陳校、龐校、錢氏父子校同。

[一六] 陳校：「『漢』，《類篇》作『唐』。」方校：「案：《類篇》『漢』作『唐』。」按：明州本、毛鈔、錢鈔「漢」字作「唐」。陳校、顧校、陸校、龐校、錢氏父子校同。馬校：「『唐』，局作『漢』，未知孰是？」

[一七] 毛鈔注「併」字作「供」。韓校、顧校、陸校、龐校、錢氏父子校同。馬校：「『供』，局作『併』。」方校：「案：宋本『併』作『供』。」

[一八] 方校：「案：『襮』，《類篇》作『䙛』，同。从示非是。」按：明州本、潭州本、金州本、毛鈔、錢鈔注「襮」字作「䙛」。顧校、陸校、龐校、錢氏父子校同。

[一九] 明州本、錢鈔「䂍」字作「䂍」。錢振常校同。

[二〇] 明州本「抛」字作「抛」。顧校、陸校、龐校、錢氏父子校同。馬校：「『抛』，局作『抛』。」某氏校：「『抛』字中从九，不从九，據李文仲《字鑑》校改。」

[二一] 方校：「案：『麭』譌『麭』，注『㚈』譌『空』，又譌『夳』，據《說文》正。」按：明州本、金州本、毛鈔、錢鈔注「空」字作「㚈」。余校、段校、陳校、陸校、龐校、錢氏父子校同。馬校：「『㚈』，局作『空』，不成字。」丁校據《說文》改「㚈」。

[二二] 余校：「『己』作『巳』。」陳校同。

[二三] 陳校：「『褁』作『褁』，乃浪切。」按：明州本、毛鈔、錢鈔注「褁」字正作「褁」。段校、陸校同。馬校：「『褁』，局誤『褁』。」

[二四] 陳校：「『也』當作『皃』。」方校：「案：此『也』字及下『髱』注『多須也』之『也』，《類篇》皆作『皃』。」按：明州本、毛鈔、錢鈔注「也」字正作「皃」。陳校、龐校、錢振常校同。

[二五] 明州本、潭州本、金州本、毛鈔、錢鈔注「支」字作「皮」。陳校、龐校、錢氏父子校同。方校：「案：『皮』譌『支』，據宋本及《類篇》正。」

[二六] 段校注「搔」作「掻」。錢振常校同。

[二七] 明州本、毛鈔注「襟」字作「襟」。段校、陳校、陸校、錢振常校同。馬校：「『襟』，局誤『襟』。」

[二八] 方校：「案：『卯』譌『卯』。後《三十七号》薄報切『瓟』字注同。據《類篇》正。」按：明州本、潭州本、金州本、毛鈔、錢鈔注「卯」字作「卯」。陳校、龐校、錢氏父子校同。

[二九] 明州本、毛鈔、錢鈔注「也」字作「皃」。錢氏父子校同。馬校：「『皃』，局作『也』。《類篇》同。」

[三〇] 明州本、潭州本、金州本、錢鈔注「䋞」字作「絲」。

[三一] 方校：「案：『車』字衍，據《廣雅・釋詁一》删。」

[三二] 方校：「案：『也』譌『皃』，據《廣雅・釋詁一》正。」

[三三] 方校：「案：『㛒』當作『㛒』，今本《廣雅・釋詁三》未見，王本亦無。」

[三四] 方校：「案：『穮』譌从木，據《類篇》正。」按：明州本、潭州本、金州本、毛鈔、錢鈔注「穮」字正作「穮」。陳校、顧校、陸校、龐校、錢振常校同。馬校：「『穮』，局誤『穮』。」

［三五］　按：《爾雅·釋艸》：「藐，茈草。」郭注：「可以染紫。」「藐」字當作「藐」。

［三六］　明州本、金州本、毛鈔、錢鈔注「削」字作「郚」。韓校、顧校、陸校、龐校、錢氏父子校同。馬校：「『郚』，局誤『削』。」方校：「案：『郚』譌『削』，據宋本及《說文》正。」

［三七］　陳校：「『掣』同『梨』。」

［三八］　方校：「案：『匕』譌『上』，據《類篇》正。」按：《玉篇·角部》、《廣韻》亦作「匕」。

［三九］　方校：「案：『網』譌『綱』，據《廣韻》、《類篇》正。」按：明州本、金州本、毛鈔、錢鈔注「綱」字正作「網」。余校、陳校、龐校、錢氏父子校同。馬校：「『網』，局誤『綱』。」

［四〇］　方校：「案：『鋏』从鈔得聲，《類篇》作『鉠』，誤。」

［四一］　明州本、毛鈔、錢鈔注「宂」字作「穴」。陳校同。

［四二］　毛鈔「𤊟」字作「醮」。龐校、錢氏父子校同。

［四三］　某氏校：「『刺』譌『刺』，《類篇》亦誤，今改。」

［四四］　明州本、金州本、毛鈔、錢鈔注「落」字作「敎」。韓校、陳校、龐校、錢氏父子校同。馬校：「『敎』，局誤『落』。」方校：「案：『敎』譌『落』，據宋本及《類篇》正。」余校「仕落」作「七稍」，蓋據《廣韻》。

［四五］　方校：「案：『棧』，當从《廣韻》作『棧』。」按：明州本、毛鈔、錢鈔注「棧」字正作「棧」。陳校、龐校、錢氏父子校同。

［四六］　方校：「案：《類篇》同，《廣韻》引《說文》『不』下有『得』字，段氏據增。」

［四七］　明州本、金州本、毛鈔、錢鈔注「馬」字作「也」。陳校、陸校、龐校、錢氏父子校同。馬校：「『也』，局誤『馬』。」案：「『箌』者『菿』之俗，說見《号韻》。」方校：「案：『也』譌『馬』，據宋本及《釋詁》正。《韓詩》『箌彼甫田』，邵氏據《說文》作『菿』。與毛刻《爾雅》異，但下文又出『菿』字，今仍之。」

［四八］　方校：「案：當依《說文》、《類篇》作『稡』。」

［四九］　明州本、金州本、毛鈔、錢鈔注「此」字作「敎」。余校、段校、韓校、陳校、陸校、丁校、龐校、錢氏父子校同。馬校：「『敎』，局誤『此』。」

［五〇］　方校：「案：『挑』譌『桃』，據《類篇》正。」按：明州本、潭州本、金州本、毛鈔、錢鈔注「桃」字作「挑」。余校、韓校、陳校、陸校、龐校、錢氏父子校同。

［五一］　明州本、毛鈔、錢鈔注「此」字作「教」。余校、韓校、陳校、顧校、陸校、龐校、錢氏父子校同。馬校：「『教』，局誤『此』。」金州本注作「敎」。

［五二］　明州本、錢鈔「潲」字作「稍」。潭州本、金州本作「潲」。與《廣雅·釋器》合。

［五三］　明州本、毛鈔、錢鈔注「也」字作「教」。余校、段校、陳校、陸校、丁校、龐校校同。方校：案：「『趠』音敕敎，下『櫂』音直敎，竝譌。此『橈』音女敎，敎又譌也，據宋本及《類篇》正。『女』竝當从《廣韻》作『奴』。奴，泥母；女，娘母。女教得『屎』音，奴教得『鬧』音也。」

［五四］　馬校：「『帟』當爲『帟』，宋亦誤。」方校：「案：『帟』，《廣韻》作『叏』，注：『不靜，又猥也，擾也。』《一切經音義》三引《韻集》同。此疑當作『帟』。」

三十七号

［一］　明州本、金州本、毛鈔、錢鈔注「此」字作「教」。韓校、陳校、龐校、錢氏父子校同。方校：「案：『教』譌『此』，據宋本及《類篇》正。」

［二］　方校：「案：二徐本同，《玉篇》、《類篇》『鍪』竝作『釜』。」

［三］　方校：「案：『玉』下奪『者』字，據《說文》補。」

［四］　明州本、錢鈔「暤」字作「暤」。錢氏父子校同。誤。潭州本、金州本作「暤」。

[五] 陳校：「从丈。」方校：「案：《類篇》同。《廣韻》下从丈作『受』。」按：顧校「受」字作「受」。汪校：「可事按：《佩觿》『受』从𠂢，从丈。」

[六] 余校「殛」作「秵」。陳校、馬校同。方校：「案：『秵』譌『殛』，據《説文・稽部》正。」按：明州本、金州本、錢鈔注「殛」字作「秵」。毛鈔作「秵」。段校、陸校、龐校、錢氏父子校同。

[七] 段校：「『秏』作『秏』。」馬校：「『秏』，局誤『秏』。」方校：「案：『秏』譌『秏』，據《説文》及本文正。」

[八] 方校：「案：《説文》『女』字古籀皆作『□』，此當作『□』。」

[九] 明州本、毛鈔、錢鈔注「或」字作「古」。段校、陸校同。馬校：「『古』，局作『或』。」

[一〇] 方校：「案：『吳』當从《類篇》作『吴』。」按：明州本、毛鈔、錢鈔注「吳」字作「吴」。馬校：「『吳』，局作『吴』。」

[一一] 馬校：「『稾』，案：《周禮・地官・稾人》鄭司農云：『稾讀爲犒師之犒。』《漢讀考》云宋釋文作『稾』，即『犒』字。从木不从禾。此『稾』相通，疑丁氏所據作『稾』字。《廣韻》『稾飫』，《書》篇名，别一義。」

[一二] 方校：「案：『贅』當依《説文》作『贅』，《廣韻》、《類篇》作『顤』，同。」某氏校：「凡偏旁作『高』者，皆不宜作『髙』。」

[一三] 方校：「案：《類篇》『前』下有『也』字。」

[一四] 方校：「案：古體當从二徐本作『□』，《類篇》作『□』，亦非。」按：明州本、潭州本、金州本、毛鈔、錢鈔「□」字作「□」。韓校、龐校、錢氏父子校同。

[一五] 馬校：「『横』局誤从手。」方校：「案：『箸横』譌『著揁』，據《説文》正。」

[一六] 明州本、毛鈔、錢鈔注「湅」字作「練」。錢校同。

[一七] 明州本、錢鈔注「玄」字作「文」。龐校、錢氏父子校同。誤。潭州本、金州本、毛鈔作「玄」。

[一八] 明州本、潭州本、金州本、毛鈔、錢鈔注「袺」字作「袺」。段校、陳校、陸校、龐校、錢氏父子校同。馬校：「『袺』，局誤从衣。」

[一九] 按：《類篇・竹部》「篙」有重文「箬」。

[二〇] 方校：「案：《字鑑》『奧』中从采。《音辨》：『俗从米，誤。』」

[二一] 明州本、錢鈔注「埏」字作「埏」。

[二二] 方校：「案：『古』譌『石』，據《類篇》正。」按：明州本、金州本、毛鈔、錢鈔注「石」字正作「古」。余校、段校、陳校、陸校、龐校、錢氏父子校同。馬校：「『古』，局誤『石』。」

[二三] 方校：「案：段氏依小徐本『崖』作『厓』，此與《類篇》竝从大徐本。」

[二四] 明州本、毛鈔、錢鈔注「熱」字作「熱」。顧校同。

[二五] 方校：「案：王本《廣雅・釋魚》『鱸』下有『鰌』字。」

[二六] 明州本、潭州本、金州本、毛鈔、錢鈔「洪」字作「洪」。錢振常校同。

[二七] 方校：「案：『湯』字《類篇》及宋本《説文》同，今本作『盪』，非是。」

[二八] 方校：「案：『贅』譌『贅』，下文『鶩』譌『鶩』，據《説文》、《類篇》正。」按：明州本、潭州本、金州本、毛鈔、錢鈔注「贅」字正作「贅」。陳校、龐校、錢校同。

[二九] 明州本、潭州本、金州本、毛鈔、錢鈔「鶩」字作「鶩」。陳校、龐校、錢校同。

[三〇] 方校：「案：《文選・左思〈吳都賦〉》『魚鳥聱耴』，善注：『眾聲也。』此訓狀，葢本《廣韻》，惟《廣韻》作『鶩乱』爲異耳。」

[三一] 明州本、毛鈔、錢鈔注「幸」字作「奉」。錢振常校同。誤。潭州本、金州本作「幸」。馬校：「『奉』誤，局作『幸』。」

[三二] 明州本、毛鈔、錢鈔注「反」字作「㞋」。錢振常校同。

[三三] 方校：「案：『羣』、『夵』，段氏从小徐本作『羣』、『夲』爲是。」

[三四] 方校：「案：『曰』當作『日』。」按：明州本、毛鈔、錢鈔注「曰」字正作「日」。

[三五] 按：依注「或从戈廾」，則字當作「戒」。

［三六］方校：「案：『之』當从《類篇》作『文』。」按：明州本、金州本、毛鈔、錢鈔注「之」字正作「文」。余校、段校、陳校、陸校、龐校、錢氏父子校同。馬校：「『文』，局誤『之』。」

［三七］余校「貫」作「賓」。方校：「案：『暴貫』《説文》作『瀑賓』，據篆文及本書正。」按：明州本、潭州本、金州本、毛鈔、錢鈔注「貫」字作「賓」。陳校、龐校、錢氏父子校同。

［三八］方校：「案：『瀑』當作『瀑』。段氏校本改作『瀑』。」

［三九］明州本、毛鈔、錢鈔注「夘」字作「卯」。陳校、龐校、錢氏父子校同。潭州本注作「夘」。金州本注作「夘」。

［四〇］明州本、毛鈔、錢鈔「袍」、「袌」作「袍」、「袌」。陳校、龐校、錢氏父子校同。馬校：「局誤从示。」錢振常校：「並从衣。」

［四一］明州本、毛鈔、錢鈔注「水漲」作「漲水」。馬校、龐校、錢氏父子校同。

［四二］某氏校：「凡从『冒』者，上从日，曰皆誤。」

［四三］明州本、毛鈔、錢鈔「圂」字作「圂」。馬校、龐校、錢氏父子校同。方校：「案：古文『冒』當从《類篇》作『圂』，宋本作『圂』，亦誤。」按：《説文·冃部》「冒」古文作「𠕐」。

［四四］方校：「案：『瑁』譌『瑁』，據《説文》正。」按：明州本、潭州本、金州本、毛鈔、錢鈔『瑁』字作「瑁」。陳校同。馬校：「局作『瑁』，非。」

［四五］馬校：「『耄』，局作『耄』，注同。」方校：「案：《説文》『耄』，从老，蒿省聲，此與《廣韻》不省，非。《類篇》亦可證。」

［四六］余校作「眊」。陳校同。按：明州本、錢鈔「眊」字正作「眊」。段校、龐校同。馬校：「『眊』，局誤『眊』，注作『眊』。」

［四七］明州本、錢鈔注「剌」作「刺」。錢振常校同。

［四八］丁校據《類篇》作「長」。方校：「案：『長』譌『畏』，據《類篇》正。」按：明州本、潭州本、金州本、毛鈔、錢鈔注「畏」字作「長」。汪校、陳校、龐校、錢氏父子校同。馬校：「『長』，局誤『畏』。」

［四九］段校：「此用《周禮》。」

［五〇］方校：「案：『囂山』上奪『北』字。『烏』譌『馬』，《類篇》又譌『鳥』。據卷三《北山經》補正。」按：毛鈔注「馬」字作「烏」。陳校、龐校、錢振常校同。馬校：「『烏』，局誤『馬』。」

［五一］金州本注「鴟」字作「鴟」，與正文同。

［五二］方校：「案：《廣雅·釋詁一》作『毹』，王本同。曹憲音釋云：『門悼反，毹字也。必無育字邊从毛。』此依曹説。」

［五三］明州本、潭州本、金州本、錢鈔注「貪」字作「貪」。

［五四］方校：「案：《類篇》『見』作『皃』，今據正。」

［五五］明州本「噬」字作「噬」。余校並改从「叉」。錢振常校同。

［五六］方校：「案：《廣雅·釋詁一》訓創者，『瘙』上係『瘠』字，瘙，三到反，『瘙』上係『疥』字，瘙，素刀反，似非一字。『瘙』从蚤，亦誤。」

［五七］明州本、錢鈔「蹬」字作「蹬」。

［五八］方校：「案：『搔』、『搔』譌『搔』、『搔』，注『擾搔』譌『擾搔』，『搏』譌从專，『或作搔』之『搔』，并譌从木，據《類篇》及《莊子·徐無鬼》釋文正。『搔』，釋文素報反。」按：明州本、金州本、毛鈔、錢鈔「搔」、「搔」作「搔」、「搔」，「搏」字作「搏」。陳校、馬校、龐校、錢氏父子校同。

［五九］方校：「案：『就』譌从丸，據《説文》正。」按：明州本、錢鈔「就」字正作「就」。段校、錢校同。

［六〇］明州本、金州本、毛鈔、錢鈔注「貪」字作「貪」。陳校、錢氏父子校同。

［六一］明州本、錢鈔注「安」字作「不」。錢振常校：「『安』譌『不』。」

［六二］方校：「案：『鑿』當作『鑿』，後在到切亦誤，彼注穿空也，《類篇》『空』作『孔』。」按：毛鈔「鑿」字作「鑿」。陳校、龐校、錢振常校同。

［六三］毛鈔注「轂」字作「轂」。韓校、馬校、錢校同。方校：「案：《類篇》同。宋本『轂』作『轂』。與《平準書》索隱、《蕪城賦》注合。」

［六四］毛鈔「鑿」字作「鑿」。陳校、龐校、錢振常校同。

［六五］馬校：「此三字淺人妄增。『劉』注大也。案：《詩》、《爾雅》只有『菿』字訓大，因《說文》增入『艸木倒』三字，遂別制从竹之『劉』，謬。下大到切亦有『劉，大也』。《效韻》引《爾雅》『劉，大也』，譌同。《廣韻》有『菿』無『劉』，陸時尚不誤。」

［六六］方校：「案：『求』譌『永』，據《周禮・春官・甸祝》鄭注正。」按：明州本、潭州本、金州本、毛鈔、錢鈔注「永」字正作「求」。陳校、龐校、錢氏父子校同。

［六七］馬校：「『叨』，局誤『四』，重刊改正。」

［六八］方校：「案：『衜』譌『衜』，據《類篇》及本文正。」按：明州本、潭州本、金州本、毛鈔、錢鈔注「衜」字正作「衜」。陳校、龐校、錢氏父子校同。

［六九］方校：「案引《詩》之『翳』，《說文》作『翿』，半農惠氏謂當作『翳』，此作『翳』，誤。」

［七〇］方校：「案：『燾』譌『燾』，據《廣韻》、《類篇》正。」按：明州本、金州本、錢鈔注「燾」字正作「燾」。錢氏父子校同。

［七一］方校：「案：『年』譌『十』，據《類篇》正。『翿』即《曲禮》『悼』字異文也。」按：明州本、毛鈔、錢鈔注「十」字作「年」。陳校、龐校、錢氏父子校同。

［七二］陳校：「當作『䠀』，从長。」龐校：「『䮨』，宋本同。」按：从「髟」之字不應訓長，字應作「䠀」，與下乃到切者同。

［七三］方校：「案：《廣雅・釋器下》『檮』作『褐』，曹音導。」

［七四］明州本、金州本、毛鈔、錢鈔注「詐」字作「討」。龐校、錢氏父子校同。馬校：「『討』，局作『詐』。與《說文》合。」

［七五］方校：「案：小徐本及《廣韻》所引『藥』上有『飲』字，此从大徐。」

［七六］明州本、毛鈔、錢鈔注「美」字作「美」。錢氏父子校同。

［七七］方校：「案：《考工記・輪人》：『弓鑿廣四枚。』鄭注：『弓蓋橑也。』又《說文》：『橑，椽也。』此『橑』、『椽』竝譌从手，今正。」按：明州本、金州本、毛鈔、錢鈔「撩」字正作「橑」。龐校、錢氏父子校同。又明州本、金州本、毛鈔、錢鈔「掾」字作「椽」。陳校、龐校、錢氏父子校同。

［七八］陳校：「窌，深空皃。从寅卯之『卯』。石窌，地名。从申丣之『丣』，見《有韻》力救切。」

［七九］陳校：「『傍』，俗『勞』字。」

［八〇］陳校：「『澇』同『潦』，淹也，又水名。」

［八一］方校：「案：『覽』譌『覽』，注『寬』譌『寛』，據《類篇》正。」按：明州本、毛鈔、錢鈔「覽」字作「覽」，金州本作「覽」。明州本、潭州本、金州本、毛鈔、錢鈔注「寛」字作「寬」。陳校、龐校、錢氏父子校同。

［八二］方校：「案：『驕』譌『驕』，據《類篇》正。」按：明州本、潭州本、金州本、毛鈔、錢鈔注「驕」字正作「驕」。陳校、丁校、龐校、錢氏父子校同。汪校改从壽。

［八三］方校：「案：今作『臂羊矢』。《鄉射禮》音義引《字林》『矢』作『豕』，《少儀》音義引許書『矢』作『犬』。蓋『矢』者豕音之譌，或疑其說，因肊改『犬』。當據此及《類篇》正之。」

［八四］明州本、毛鈔、錢鈔「㯮」字作「㯮」。龐校、錢氏父子校同。馬校：「『㯮』字誤，局作『㯮』。」

［八五］方校：「案：《釋器下》：『檻，釘也。』巨例反，此音巨到非。『釘』作『錯』，亦誤。」按：《祭韻》其例切：「檻，《博雅》檢，檻，釘也。」疑「例」譌爲「到」，誤寘於此。可刪。

三十八箇

［一］明州本、潭州本、金州本、毛鈔、錢鈔注「仿」字作「竹」。段校、陳校、陸校、龐校、錢氏父子校同。汪校改「竹」。馬校：「『竹』，局誤『仿』。」丁校據《說文》改「竹」。方校：「案：『竹』譌『仿』，據宋本及《說文》正。」

［二］明州本、潭州本、金州本、毛鈔、錢鈔注「貢」字作「責」。陳校、丁校、龐校、錢氏父子校同。方校：「案：『責』譌『貢』，據

宋本及《類篇》正。」

[三] 明州本、潭州本、金州本、毛鈔注「軸」字作「柚」。余校：「『軸』初印本从木，今正。」馬校：「『柚』，宋誤。局作『軸』。」

[四] 明州本、毛鈔、錢鈔注「曰」上有「一」字。余校、顧校、陸校、馬校、龐校同。方校：「案：『曰』上奪『一』字，據宋本補。」

[五] 方校：「案：『轣』，當从《廣韻》、《類篇》作『轣』。」按：明州本、金州本、毛鈔、錢鈔注「轣」字正作「轣」。余校、段校、韓校、陳校、顧校、陸校、龐校、錢氏父子校同。馬校：「局作『轣』，不成字。」

[六] 馬校：「《東韻》『著』下奪『沙』字，此有『沙』，所據《説文》不譌也。『艘』在《東韻》，此與『𦨴』同字，當出自方語。」

[七] 方校：「案：『袯』上奪『祠』字，據《廣雅·釋器上》補。」

[八] 陳校：「入《過韻》。」丁校：「《廣韻》『侉』字入《三十九過》。」

[九] 方校：「案：此係新坿字。上『辭』字大徐作『詞』。」

[一〇] 余校注「四」作「蘇」。

[一一] 段校从「差」作「磋」，下同。馬校：「凡从『差』諸字皆如此作，局俱作『差』。」又陳校：「『磋』、『摣』入《過韻》。」丁校：「《廣韻》『磋』字入《三十九過》。」某氏校：「『侉』、『磋』二字《廣韻》入《三十九過》部。」

[一二] 明州本、錢鈔「摣」字作「樝」，「拭」字作「栻」。錢氏父子校同。

[一三] 段校：「宋本《説文》正作『㐌』。」馬校：「宋不誤。宋本《説文》正作『㐌』。局刻上字作『㐌』。《類篇》誤同。」按：明州本、毛鈔、錢鈔注「㐌」字作「㐌」。錢校同。與《説文》合。

[一四] 明州本、毛鈔、錢鈔注「禪」字作「禪」。陳校同。

[一五] 明州本、毛鈔、錢鈔注「袪」字作「袪」。段校、陳校同。與《方言》第四同。馬校：「『禪』及注中『袪』字局皆从衤，誤。」方校：「案：《方言》四『袪』下有『衣』字。」

[一六] 金州本、毛鈔注「瘽」字作「瘽」。與正文同。當正。按：明州本正文作「瘽」，注文作「瘽」。錢鈔正文、注文皆作「瘽」。

[一七] 明州本、金州本、錢鈔注「唐」字作「唐」。余校、段校同。

[一八] 段校：「『廵』作『巡』。」馬校：「『巡』，局誤『廵』。」方校：「案：此係新坿字。『廵』當作『巡』。」某氏校：「『羅』上从『网』，隸省作『罒』。」

[一九] 余校「格」字作「落」。

[二〇] 明州本、潭州本、金州本、毛鈔、錢鈔注「表」字作「衺」。余校、段校、韓校、陳校、顧校、陸校、龐校、錢氏父子校同。馬校：「『衺』，局誤『表』。」方校：「案：『衺』譌『表』，據宋本及《類篇》正。」

[二一] 方校：「案：『嗏』、『奈』當从《韻會》作『嗏』、『柰』。」

[二二] 明州本、潭州本、金州本、毛鈔、錢鈔注「諾」字作「語」。余校、韓校、陳校、龐校、錢氏父子校同。馬校：「局作『諾』，不成字。」方校：「案：語助之『語』譌『諾』，據宋本正。」

[二三] 馬校：「段氏《堯典撰異》云：『此讀今《尚書》釋文不載，蓋開寶中陳諤等刪之，丁度等自據未改釋文。如字本有那音。』」

三十九過

[一] 余校「臥」改从人，下同。

[二] 方校：「案：《方言》九『鍋』作『鍋』，音戈。『楚』作『燕』。」按：《廣雅·釋器》作「鍋」，《御覽》卷七百七十六引《方言》亦作「鍋」。

[三] 方校：「案：『蝸』，《爾雅·釋蟲》作『過』，釋文：『本或作蝸。』此或别有所據。」按：宋本《釋文》作「不過，本或作蝸」。又明州本、錢鈔注「蝸」字作「蝸」。

［四］方校：「案：《釋言》釋文：『郭云：燬，齊人語。』不載貨音。」按：《詩・周南・汝墳》：「魴魚赬尾，王室如燬。」釋文：「燬，音毁，齊人謂火曰燬。郭璞又音貨。」郭音載於此。

［五］馬校：「『踠』，局作『踠』，少點。」

［六］余校「卧」作「臥」。方校：「案：作『卧』非。人臣之義當依《説文》作『臥』。」

［七］明州本、毛鈔、錢鈔注「𦣞」字作「臣」。余校、陳校、錢氏父子校同。

［八］方校：「案：『𡚁徽馨』見漢《幽州刺史朱龜碑》。」鄧廷楨《雙硯齋筆記》卷五：「《楚辭・九歌》：『𡚁芳椒兮成堂。』王逸注曰：『布香椒於堂上也。』『𡚁』一作『播』。丁度云：『𡚁，古播字。』案：丁説非也。《説文》『番』字解云：『獸足謂之番。』又出『𤰷』字云：『古文番。』《九歌》之『𡚁』，正古文之『𤰷』。王注訓布乃是『播』字之義。義爲播而文作『𡚁』者，『播』从番聲，故假『番』爲『播』而書作古文之『𡚁』也。一本作『播』，乃以本字易假借字，非謂『𡚁』即『播』字也。蓋識字之難也如此。」

［九］余校「𢿱」作「𢿱」。

［一〇］方校：「案：『𡰪』譌『𡰪』。據《類篇》及本文正。」按：明州本、潭州本、金州本、毛鈔、錢鈔注「𡰪」字作「𡰪」。錢氏父子校同。吕校：「宜作『𡰪』。」

［一一］某氏校：「凡偏旁作『麻』者，作『麻』非是。」

［一二］明州本、毛鈔注「麵」字作「麪」。龐校、錢氏父子校同。

［一三］方校：「案：『歳』譌『歳』，『駻』譌『駻』，『瀫』譌『瀫』，據《類篇》及《齊民要術》正。」按：明州本、金州本、毛鈔、錢鈔注「歳」字作「歳」。又明州本、金州本、毛鈔、錢鈔注「駻」字作「駻」。段校、陳校、陸校、龐校、錢氏父子校同。馬校：「『駻』，局誤『駻』，下盧臥切作『駻』，不誤。」又明州本、毛鈔、錢鈔注「瀫」字作「瀫」。龐校、錢氏父子校同。

［一四］方校：「案：『𦏁』譌『𦏁』，據《類篇》正。」按：明州本、毛鈔、錢鈔注「𦏁」字正作「𦏁」。錢氏父子校同。

［一五］余校「卧」作「臥」。

［一六］方校：「案：《説文》『垔』、『畱』皆从丣，『丣』古文『酉』，今隸从卯，非。《類篇》『垔』作『坙』，尤誤。」

［一七］方校：「案：『搦』譌从木，據《老子》『或挫或隳』釋文正。」按：明州本、潭州本、金州本、毛鈔、錢鈔注「榒」字正作「搦」。馬校、龐校、錢氏父子校同。

［一八］陳校：「拖，牽車也。入《箇韻》。」

［一九］陳校：「『瘦』，《廣雅》作『疲』。」方校：「案：『疲』譌『瘦』，據《廣雅・釋訓》正。」

［二〇］明州本、錢鈔注「宂」字作「允」。錢氏父子校同。誤。

［二一］明州本、毛鈔、錢鈔注「誇」字作「誇」。段校、錢振常校同。

［二二］方校：「案：注見《考工記・梓人》，『穨』作『積』，李湯過反。」

［二三］明州本、毛鈔注「軌」字作「軌」。韓校、顧校、錢氏父子校同。

［二四］方校：「案：『笿篟』見戴凱之《竹譜》，『篟』同『笿』。此作『篟』，誤。」按：明州本、毛鈔、錢鈔注「篟」字作「篟」。龐校、錢氏父子校同。

［二五］陳校：「『緣』，《方言》作『袂』。」方校：「案：《方言》四『緣』作『袂』，與《説文》同。」

［二六］陳校：「『嬴』，《廣韻》中从羊，下同。」方校：「案：《廣雅・釋詁一》作『嬴』。下訓㓩病之『𧖴』，訓擊之『擴』，《廣韻》作『𧖴』、『擴』。訓不均之『嬴』，《説文》作『嬴』，中不从立，右不从几。」

［二七］陳校：「『𢳆』，《廣韻》作『擦』。」

［二八］毛鈔「𧖴」字作「𧖴」。

［二九］明州本、毛鈔「㓩」字作「㓩」。陳校、顧校、錢校同。馬校：「『㓩』，局誤『㓩』。」

［三〇］按：《説文・糸部》「嬴」字作「嬴」，从羊。

［三一］明州本、潭州本、金州本、毛鈔、錢鈔注「絲」字作「絲」。錢振常校同。

［三二］方校：「案：《玉篇・立部》：『逶，嬴也』。『嬴，逶也』。兩字轉注。此『逶』从口，誤。」

［三三］陳校：「堧，壖，沖土也。『堧』，本紐重引。」

［三四］明州本、潭州本、金州本、毛鈔、錢鈔注「姓」字作「娃」。陳校、陸校、錢氏父子校同。余校作「奴」。汪校改从圭。方校：「案：『娃』譌『姓』，據宋本及《方言》二正。《方言》『婧』作『嫿』，下有『窕』字。」

四十禡

［一］明州本、錢鈔「貉」字作「貉」。龐校、錢氏父子校同。

［二］丁校：「『禡於所征之地』，出《禮記》，非《周禮》，此仍《説文》之誤。」方校：「案：句見《禮・王制》，許意所謂『周禮』猶周制，非指書名，或以爲誤，非也。」

［三］明州本、毛鈔、錢鈔注「郝」字作「郁」。余校、陸校、龐校、錢振常校同。段校：「宋本誤改作『郁』。」馬校：「注『郁』，宋誤，局作『郝』。」

［四］錢鈔「犍」字作「犍」，非。

［五］明州本、錢鈔注「袜」字作「袜」。

［六］陳校：「『價』，《廣韻》作『賈，賣也』。」方校：「案：《廣雅・釋詁三》『價』作『賣』。『賣』與『價』同。」

［七］方校：「案：《類篇》『獸名』下有『似貜長尾』四字，今據補。」

［八］方校：「案：『帳』下奪『也』字，據《類篇》補。王氏所校《廣雅・釋器上》『帳』作『幞』。」

［九］毛鈔「垻」字作「垻」。馬校：「『垻』，局誤『垻』，宋大字本不誤，注亦誤『垻』。」

［一〇］方校：「案：『把』譌『杷』，據《類篇》正。」按：明州本、金州本、錢鈔注「杷」字正作「把」。龐校、錢氏父子校同。

［一一］明州本、金州本、錢鈔注「枋」字作「枋」。龐校、錢氏父子校同。吕校：「宜作『枋』。」

［一二］方校：「案：《廣雅・釋器下》『㭼』作『㮶』。曹音素戈。王氏據此訂正。」

［一三］方校：「案：『𦡪』當从木作『𣟎』，舊本作『𦡪』，尤誤。」按：潭州本、金州本、錢鈔注「𦡪」字作「𣟎」。段校作「𣟎」。馬校：「『𦡪』从禾，宋亦誤。當从木作『𣟎』。」

［一四］明州本、毛鈔、錢鈔注「也」字無。龐校、錢氏父子校同。

［一五］丁校「上」作「止」。方校：「案：『止』譌『上』，據《説文》正，小徐本『午』下有『聲』字。」錢振常校：「『上』，宋本同，據《説文》作『止』。」

［一六］明州本、潭州本、金州本、毛鈔、錢鈔注「推」字作「雅」。余校、陳校、龐校、錢氏父子校同。方校：「案：『雅』譌『推』，據宋本正。喈喈，鳴也。見《釋訓》。」

［一七］馬校：「『辭』當爲『辤』。案：《説文》作『辤』。《集韻》悉本《説文》，當先出『辤』字。」

［一八］馬校：「案：『榭』有兩義。《爾雅・釋宫》：『有木者謂之榭。』郭注：『臺上起屋。』又：『無室曰榭。』郭注：『榭即今堂堭。』《説文・木部》無『榭』字，此云《説文》，誤也。《鄉射記》：『豫則鉤楹内。』鄭注云：『今言豫者謂州學也，讀如成周宣榭災之榭。凡屋之無室曰榭，宜從榭。』此『榭』、『豫』聲通也。《春秋・宣十六年》『宣榭』，釋文作『謝』。宋本《公》、《穀》俱作『謝』。蓋古有『謝』無『榭』。」方校：「案：此係新坿字。」

［一九］陳校：「『渚』，《山海經》作『諸』。」丁校據《山海經》作「諸」。方校：「案：《玉篇》、《類篇》皆作『渚』，《山海經》五《中山經》及《水經・洛水注》實作『諸』，本書後文禽謝切本字注同，自當以『諸』爲正。」

［二〇］方校：「案：《玉篇》：『鄐，才含切，貝丘亭。』《廣韻》作『鄐』，音慈夜切，訓同。此與《類篇》又作『鄐』，所謂『焉三寫而成烏』也。『頁』當改『貝』。」按：明州本、金州本、毛鈔、錢鈔注「頁」字正作「貝」。余校、段校、汪校、陳校、陸校、丁校、龐校、錢氏父子校同。

［二一］明州本、潭州本、金州本、毛鈔、錢鈔「笡」字下有空格。龐校、錢氏父子校同。馬校：「宋本大字『笡』下空兩格，局不空。」

［二二］方校：「案：『籩』譌『籧』，據《廣雅・釋器下》正。」按：毛鈔注「籧」字正作「籩」。錢校同。馬校：「『籩』，局作『籧』。」

［二三］方校：「案：《類篇》『也』作『立』。」按：明州本、錢鈔注「也」字作「立」。陳校、錢振常校同。

［二四］方校：「案：『逆』當从《類篇》作『逆』。」按：明州本、毛鈔、錢鈔注「逆」字正作「逆」。段校、陳校、龐校、錢氏父子校同。馬校：「『逆』，局誤『逆』。」

［二五］方校：「案：『梧』字殘缺，據《類篇》及《儀禮・既夕》文校定。」按：顧氏重修本不殘。

［二六］方校：「案：《說文》『嚚』作『蹁』，《廣韻》引《文字音義》同。邛澤之『邛』，段氏依卷三《北山經》作『卬』。」

［二七］段校：「『蛆』作『蛆』。」馬校：「『蛆』當爲『蛆』，宋亦誤。」

［二八］顧校：「『跰』作『跰』。」馬校：「『跰』从幵，宋亦誤，多點。」

［二九］按：《類篇・足部》注「岐」作「岐」，从支。當正。

［三〇］方校：「案：《釋地》作『岍』，《類篇・广部》與此同。」按：明州本注「庌」字作「岍」。余校、顧校、龐校、錢氏父子校同。馬校：「『庌』當爲『岍』。」

［三一］明州本「紒」字作「紒」。顧校、錢振常校同。

［三二］方校：「案：『炙』上譌从夕，下訓日赫之『晐』，訓脽屬之『泼』同，據《類篇》正。」莫校作「炙」。

［三三］明州本、毛鈔、錢鈔注「名」字作「也」。韓校、龐校、錢氏父子校同。方校：「案：『也』譌『名』，據宋本及《說文》正。」

［三四］明州本、錢鈔注「遏」字作「過」。龐校、錢氏父子校同。非。潭州本、金州本作「遏」。

［三五］《類篇・水部》「泼」字作「泼」。方校同。見前注［三二］。

［三六］陳校：「『脽』《類篇》作『脽』。」某氏校：「『脽』，當依《類篇》作『脽』。」按：明州本、潭州本、金州本、毛鈔、錢鈔注「脽」字正作「脽」。陳校、顧校、陸校、馬校、龐校、錢氏父子校同。

［三七］明州本、毛鈔「𠭊」字作「𠭊」。龐校、錢氏父子校同。

［三八］明州本、毛鈔、錢鈔注「貸」字作「貸」。余校、韓校、陳校、顧校、陸校、錢氏父子校同。馬校：「局作『貸』，不成字。」方校：「案：『貸』譌『貸』，據宋本及《說文》正。」按：金州本作「貸」，當是壞字。

［三九］余校：「『虫』字疑衍。」龐校：「非衍。」

［四〇］明州本、潭州本、金州本、毛鈔、錢鈔注「罡」字作「哫」。余校、段校、汪校、韓校、陸校、陳校、龐校、錢氏父子校同。馬校：「『哫』，局誤『罡』，注中『哫』，局誤『罡』。」方校：「案：『哫』譌『罡』，注文又譌『罡』，據宋本及《類篇》正。」

［四一］明州本、毛鈔、錢鈔注「二」字作「一」。馬校：「『文十一』，宋誤，局『文十二』。」方校：「案：『十二』宋本作『十一』，誤。」

［四二］丁校據《周禮》作「𧓉」。方校：「案：『𧓉』譌『𧓉』。據《天官・內饔》文正。」按：明州本、毛鈔、錢鈔注「𧓉」字正作「𧓉」。陳校、龐校、錢氏父子校同。

［四三］按：《玉篇・日部》：「曬，所賣切。暴乾物也。亦作䵘。」據此，「䵘」字當作「䵘」。

［四四］方校：「案：『傻』譌『傻』，據《廣韻》、《類篇》正。」

［四五］方校：「案：《左・莊四年傳》作『除道梁溠』，與叔重所引文異。」按：明州本、潭州本、金州本、毛鈔、錢鈔注「修」字作「脩」。錢振常校同。

［四六］顧校「㚇」字作「㚇」。按：下助駕切字正作「㚇」。

［四七］方校：「案：『乍』當依許書作『亾』，方合从亡、从一之義。」

［四八］方校：「案：『助』譌『昉』，據《類篇》正。」按：明州本、毛鈔注「昉」字作「助」。余校、陳校、顧校、陸校、龐校、錢氏父子校同。馬校：「『助』，局誤『昉』。」丁校同。潭州本、金州本、錢鈔注「助」字作「助」，亦誤。

［四九］方校：「案：『錯』當从大徐本作『錯』。」按：明州本、潭州本、金州本、毛鈔、錢鈔注「錯」字正作「錯」。余校、龐校、錢氏父子校同。汪校从𠀃改从比。

［五〇］余校「蜡」改「胆」。馬校：「『蠅蜡』當爲『蠅胆』。《九御》七慮切是也。《廣韻》以『褚』、『蜡』爲同字，音乍，《集韻》乃

沿其誤。」方校：「案：蝇胆之『胆』譌『蜡』，據《説文》正。」某氏校：「惠半農曰：『蝇茹肉爲胆，从肉，且聲，蜡爲藉音。俗讀蜡爲乍，土音當讀若胆。』」

[五二] 明州本、毛鈔「渣」字作「渣」。段校、陳校、錢振常校同。馬校：「『渣』，局誤『渣』。」

[五三] 方校：「案：《類篇》『寛』作『實』。」

[五四] 明州本、毛鈔「漾」字作「漾」。方校：「案：宋本『漾』作『漾』，誤。『美陽』，《左·莊四年傳》注作『義陽』。」按：方氏所據宋本有誤。錢鈔作「漾」，亦誤。

[五五] 明州本、潭州本、金州本、毛鈔、錢鈔注「吒」字作「吒」。余校、汪校、陳校、顧校、陸校、龐校、錢振常校同。馬校：「『吒』，局誤『吒』。」方校：「案：『吒』譌『吒』，據宋本及《説文》正。」

[五六] 方校：「案：『夥』譌『夥』，『黏』譌『粘』，據《類篇》正。」按：毛鈔注「夥」字正作「夥」，注同。陳校、錢振常校同。明州本、錢鈔作「爹」，非。

[五七] 明州本、潭州本、金州本、毛鈔、錢鈔「宼」字作「冦」。陳校、龐校、錢氏父子校同。方校：「案：『宼』譌从宀，據宋本及《説文》正，『爵』下大徐本有『酒』字，小徐本『酒』在『爵』上，段氏从之。『宅』訓懲見《書·舜典》鄭注。『宅』，鄭作『咤』。」

[五八] 方校：「案：《莊子·達生》：『踵門而詫子扁慶子。』釋文：『詫，李本作託。』」

[五九] 方校：「案：『苴』譌缺末筆，據《廣韻》正，《類篇》作『蒼』。」按：明州本、錢鈔注「苴」字作「苴」。余校、陳校、錢氏父子校同。

[六〇] 方校：「案：『秺』譌『秺』，據《類篇》正，依《説文·广部》當作『庛』。」按：明州本、潭州本、金州本、毛鈔、錢鈔「秺」字作「秺」。余校、陸校、錢振常校同。段校：「即《説文》『庛』字。」汪校改从乇。馬校：「『秺』，局誤『秺』，『秺』即《説文》『庛』字。」

[六〇] 余校：「『膨』上當有○。」方校：「案：『膨』上失圈隔，今補。」按：明州本、潭州本、金州本、毛鈔、錢鈔「膨」字上有圈。余校、汪校、顧校、陸校、龐校、錢振常校同。馬校：「此字上宋本有圈是也，局無圈，脱。」

[六一] 潭州本、金州本注「亂」字作「乱」。下「悸」字注同。誤。

[六二] 明州本、潭州本、金州本、毛鈔、錢鈔注「絲」字作「絲」。

[六三] 方校：「案：『諸』譌『諸』，據《玉篇》正。」按：明州本、潭州本、金州本、毛鈔、錢鈔注「諸」字正作「諸」。龐校、錢振常校同。

[六四] 余校「悸」作「悸」。陳校：「『悸』同『悸』，見《麻韻》女加切。」

[六五] 方校：「案：『乱』字俗，當从《類篇》作『亂』。」按：明州本、毛鈔、錢鈔注「乱」字正作「亂」。龐校、錢氏父子校同。馬校：「局作『乱』，俗。」

[六六] 明州本、潭州本、金州本、毛鈔、錢鈔「夜」字作「夜」。錢氏父子校同。

[六七] 方校：「案：《類篇》『州』作『城』。」

[六八] 明州本、潭州本、金州本、毛鈔、錢鈔「暇」字作「暇」。錢振常校：「『叚』並从『叚』。」

[六九] 陳校：「『夓』从頁，从臼，从夊。」按：毛鈔「夏」字作「夓」。韓校、錢校同。方校：「案：『夓』，从夊，从頁，从臼。『臼』，兩手，『夊』，兩足也。此譌『夏』，據宋本及《説文》正。」

[七〇] 方校：「案：『昰』當从《類篇》及本文作『是』。」按：明州本、金州本、錢鈔注「昰」字正作「是」。呂校：「宜作『是』。」

[七一] 按：《玉篇·目部》：「睱，胡駕切。閑睱視也。」「睱」字當作「睱」。

[七二] 呂校「利」改「痢」。

[七三] 呂校：「《説文》作『墒』。」方校：「案：『墒』譌『墒』，據《説文》正。」按：潭州本、金州本、毛鈔注「墒」字正作「墒」。余校、錢振常校同。

[七四] 方校：「案：『𠂤』當作『𠂤』。」按：明州本、潭州本、金州本、毛鈔、錢鈔注「𠂤」字正作「𠂤」。段校、韓校、陳校、龐校、錢氏父子校同。馬校：「局作『自』，非。」

[七五] 潭州本、金州本、毛鈔「西」字作「襾」。陸校同。馬校：「局誤『西』。」

[七六] 方校：「案：『唬』譌『唬』，據大徐本正。」按：明州本、毛鈔、錢鈔注「唬」字正作「唬」。段校同。錢振常以爲譌字，疑非。

[七七] 明州本、潭州本、金州本、毛鈔、錢鈔注「要月」作「署」。段校、汪校、陳校、陸校、錢氏父子校同。馬校：「局誤作『要月』二字。」方校：「案：『署』譌分兩字，據宋本正。《漢・楊雄傳》注引《字林》作『腰骨』，《文選・解嘲》注引《埤蒼》作『要骨』。古『要』、『署』、『腰』通用。《素問・長刺節論》注『髂爲署骨』，則正與宋本合。」

[七八] 《廣韻》無「病」字。

[七九] 《廣韻》「言」下有「才也」二字。

[八〇] 馬校：「『伏』，局少點。」

[八一] 吕校：「宜作『齖』。」

[八二] 方校：「案：《説文》『䡇』作『䡇』。」

[八三] 明州本、潭州本、金州本、毛鈔、錢鈔「椵」字作「椵」。錢振常校同。陳校：「『椵』，《博雅》作『椵』，都館反，《方言》作『椵』，音段。」方校：「案：王本《廣雅・釋室》『椵』作『椵』，與曹憲都館音合，此仍舊本之譌。」

[八四] 明州本、潭州本、金州本、毛鈔、錢鈔「叚」字作「段」。凡从「段」之字均同。

[八五] 明州本、潭州本、金州本、毛鈔、錢鈔「瘕」字作「瘕」。

[八六] 陳校：「『懈』，《廣雅》作『懈』。」

[八七] 陳校：「『假』，《方言》作人旁。」方校：「案：《類篇》同。《方言》一『假』止作『假』，音駕。」按：明州本、潭州本、金州本、毛鈔、錢鈔作「假」。段校、顧校同。

[八八] 陳校：「『㚚』同『㚚』。」

[八九] 方校：「案：《類篇》『藸』作『蘈』。」按：明州本、毛鈔、錢鈔注「藸」字作「蘈」。龐校、錢氏父子校同。

[九〇] 方校：「案：『第』，段氏依大徐本作『弟』，《類篇》同，此从小徐。」

[九一] 段校「惡」作「亞」，云：「此本荀子。」按：此指荀爽。見《易・繫辭上》陸德明音義。馬校：「注『惡』當爲『亞』字，宋亦誤。」

[九二] 方校：「案：『䟄』譌『䟄』，據《類篇》正。」按：明州本、錢鈔「䟄」字正作「䟄」。錢振常校同。

[九三] 方校：「案：《釋詁四》：『剄，刑，刻，剄也』。『剾、劊、削，剜也』。是『剄』不訓剜。」

[九四] 方校：「案：《説文》作『襾』，此與前鐏紐同誤。」按：毛鈔「襾」字正作「襾」。馬校：「『襾』，局誤『西』。」丁校同。

[九五] 陳校。「『覆』作『復』。」方校：「案：注『覆』譌『復』，據二徐本正。」

[九六] 某氏校：「案：『眭』譌『眭』，从《前漢・杜欽傳》校改。」按：明州本、毛鈔、錢鈔「眭」字正作「眭」。陳校、錢氏父子校同。

[九七] 明州本、錢鈔「崋」字作「崋」。錢振常云：「誤。」按：潭州本、金州本作「崋」。

[九八] 方校：「案：《説文》作『䔢』，當以『䔢』爲正。注『華』當作『䔢』，各本竝誤。」

[九九] 明州本、錢鈔「弘」字缺筆。錢振常校同。

[一〇〇] 明州本、錢鈔「寬」字作「寛」。錢振常校同。誤。潭州本、金州本作「寬」。

[一〇一] 余校删「鍾」字，「木」字作「大」。陳校作「大」。方校：「案：『大』譌『木』，據《左・昭二十一年傳》注、《漢書・五行志下之上》注正。」按：明州本、毛鈔、錢鈔注「木」字作「水」。錢振常校：「宋本作『水』，有『鍾』字。」

[一〇二] 方校：「案：『樓』譌『樺』，《類篇》同，據《説文》正。段氏改『樗』爲『㮩』，而重文亦从蒦。」

[一〇三] 顧校作「䉶」。某氏校：「『蒦』，上从艹，不从艹，下从又，不从夂。凡偏旁从『蒦』者放此。」

[一〇四] 明州本、錢鈔注「檻」字作「艦」。龐校、錢振常校同。誤。潭州本、金州本作「檻」。

[一〇五] 明州本、錢鈔注「也」字作「名」。龐校、錢振常校同。

[一〇六] 方校：「案：『傀』譌『傀』，據《説文》正。」

〔一〇七〕 方校：「案：『魤』譌从化，據《説文》正。」

〔一〇八〕 方校：「案：『踤』譌『踤』，注譌『踤』，據《類篇》正。」按：明州本、毛鈔、錢鈔注作「踤」。顧校同。呂校：「宜作『踤』。」

〔一〇九〕 方校：「案：『屮』譌『屮』，據《説文》正。」按：明州本作「屮」。錢振常校同。

〔一一〇〕 方校：「案：『古』譌『舌』，據《廣韻》、《類篇》正。」按：明州本、潭州本、金州本、毛鈔、錢鈔注「舌」字正作「古」。陳校、顧校、陸校、龐校、錢氏父子校同。馬校：「『古』，局作『舌』。」丁校據《廣韻》作「古」。

〔一一一〕 方校：「案：『瘉』譌『瘉』，據《廣雅・釋詁一》正。《類篇》作『愈』，不引《博雅》。」

〔一一二〕 曹本作「岐」。陸校改「歧」。

〔一一三〕 明州本、錢鈔「杈」作「衩」。錢振常校作「杈」。

〔一一四〕 明州本、錢鈔注「衢」字作「衢」。龐校、錢振常校同。

〔一一五〕 明州本、毛鈔注「䘮」字作「䘮」。陳校同。錢振常校：「从衣。」陳校「祜」字作「祐」。

〔一一六〕 方校：「案：句讀誤，説已見前。『檀』當从《類篇》作『襢』。」按：明州本、毛鈔注「檀」字正作「襢」。陳校同。馬校：「『襢』，局誤『檀』。」丁校據《類篇》改「襢」。錢振常校：「从衣。」

〔一一七〕 明州本、毛鈔、錢鈔「譕」字作「譕」。錢振常校同。

四十一漾

〔一〕 余校「氏」字作「柏」。陳校：「氏」，《説文》作「柏」。」方校：「案：『氏』，各本作『柏』，此與《類篇》同。《水經・漾水注》引作『獂』，段氏校本改『獂』。」

〔二〕 陳校：「『様』，《廣韻》从手。」

〔三〕 方校：「案：《方言》十三：『餌謂之餻。』不作『餻』。『餻』見《玉篇》，訓與此同。」按：卷子本《玉篇・食部》：「餻，餘障反。引《方言》餌謂之餻。」《御覽》卷八百六十引同。是《方言》亦有作「餻」者，此丁氏所本。

〔四〕 明州本、毛鈔、錢鈔「像」字作「像」。龐校、錢振常校同。

〔五〕 方校：「案：『寫』譌从水，據《類篇》正。」按：明州本、錢鈔注「瀉」字正作「寫」。丁校、龐校、錢振常校同。

〔六〕 明州本、潭州本、金州本、毛鈔、錢鈔「妄」字作「妄」。余校、陳校、龐校、錢氏父子校同。馬校：「『妄』，局誤『妄』。」方校：「案：『妄』譌『妄』，據宋本及《説文》正。」

〔七〕 明州本、毛鈔「塱」、「皇」、「㞷」作「塱」、「皇」、「㞷」。龐校、錢氏父子校同。余校作「皇」、「㞷」。馬校：「局作『皇』、『㞷』，非。」方校：「案：據《説文》當作『塱』、『皇』，重文『㞷』譌『㞷』，據宋本正。」潭州本、金州本「㞷」字作「㞷」。

〔八〕 明州本、毛鈔、錢鈔注「巳」字作「臣」。余校、顧校、龐校、錢振常校同。

〔九〕 明州本、潭州本、金州本、毛鈔、錢鈔「詿」字作「詿」。余校、陳校、顧校、龐校、錢氏父子校同。馬校：「『詿』，局作『詿』。」

〔一〇〕 丁校據《類篇》「惹」改「惹」。方校：「案：『惹』譌『惹』，據《類篇》正。」按：明州本、潭州本、金州本、毛鈔、錢鈔「惹」字正作「惹」。陳校、顧校、錢校同。馬校：「『惹』，局作『惹』。凡从『亡』諸字，局刻『亡』、『亡』錯出。」

〔一一〕 曹本注「土」字作「七」，故陸校改作「土」。

〔一二〕 明州本、毛鈔、錢鈔注「思」字作「息」。龐校、錢氏父子校同。按：「思」、「息」雙聲，同在心紐。

〔一三〕 方校：「案：『麪』譌从丏，據《類篇》正。」

〔一四〕 方校：「案：《説文》『醬』作『醬』，古文『醬』，大徐本作『㿂』，小徐本作『㿂』，段氏改『𤖆』，此从酉，非。籀文『醬』，二徐本竝作『𤮴』，當據正。注文大徐本『鹽也』，小徐本『醢也』。《韻會》及段氏竝从小徐。」馬校：「注『鹽』，局作『鹽』。」

［一五］明州本、毛鈔、錢鈔注「西」、「洒」作「酉」、「酒」。陳校同。陸校「西」作「酉」。

［一六］明州本、潭州本、金州本、毛鈔、錢鈔注「粡」字作「粡」。龐校、錢校同。方校：「案：『粡』譌『粡』，據宋本及本文正。」

［一七］明州本、錢鈔注「痛」字作「閔」。龐校、錢氏父子校同。按：「愓」無訓閔者。《廣雅·釋詁二》：「愓，痛也。」疑丁氏所本訓閔，誤。

［一八］明州本、潭州本、金州本、毛鈔、錢鈔注「導」字作「導」。余校、龐校、錢氏父子校同。方校：「案：『導』上譌从遵，據宋本及《說文》正。」

［一九］明州本、錢鈔注「偉」字作「偉」。錢振常校同。誤。潭州本、金州本、毛鈔作「偉」。

［二〇］明州本、金州本、毛鈔、錢鈔「堂」字作「堂」。余校、陳校、顧校、陸校、龐校、錢氏父子校同。馬校：「『堂』，局作『堂』。」丁校據《類篇》作「堂」。方校：「案：『堂』譌『堂』，據宋本及《類篇》正。」

［二一］毛鈔「鰁」字作「鰁」。方校：「案：《類篇》古文作『鰁』。」

［二二］陳校：「『退』，《類篇》作『謙』。」方校：「案：『樣』，《韻會》同，《說文》補音作『漾』，《類篇》作『搽』，字異而音同也。『退』，當从《類篇》、《韻會》作『謙』。『懷』字當依《曲禮上》『左右攘辟』注、《前漢·藝文志》『堯之克攘』注作『攘』。」

［二三］明州本、毛鈔、錢鈔注「懷」字下有「文八」二字。錢校同。方校：「案：『通作懷』下宋本有『文八』二字，今據補。」

［二四］明州本、金州本、毛鈔、錢鈔注「攘」字作「欀」。段校、陳校、陸校、龐校、錢氏父子校同。馬校：「『欀』，局誤从扌。」方校：「案：『欀』譌从手，據宋本及本文正。」

［二五］明州本、毛鈔、錢鈔注「熱」字作「熱」。馬校：「『熱』，局誤从執。《類篇·疒部》同。」

［二六］方校：「案：據注文則『霜』當作『濡』。《類篇》亦誤。」按：毛鈔「霜」字作「濡」。顧校、陳校同。馬校：「局誤『霜』，與注从仌不合。」

［二七］明州本、毛鈔、錢鈔注「婺」字作「婺」。陳校、顧校同。馬校：「『婺』，局作『婺』。」

［二八］方校：「案：『創』譌『刱』，『刅』譌『刃』，據《韻會》正。」

［二九］方校：「案：『疒』譌『疾』，據《類篇》正。」按：明州本、潭州本、金州本、毛鈔、錢鈔注「疾」字正作「疒」。龐校、錢校同。馬校：「『疒』，局誤『疾』。」

［三〇］馬校：「此字上宋有圈，非也，局刻連寫。」按：諸本俱無圈，馬氏所據本有誤。

［三一］吕校：「《說文》『不生』上有『田』字。」許校：「《說文》小字宋本無『田』字。」按：大徐本亦無「田」字。

［三二］方校：「案：『鬱』譌『鬱』，據《說文》正。」按：明州本、潭州本、金州本、毛鈔、錢鈔注「鬱」字作「鬱」。余校、段校、顧校、龐校、錢氏父子校同。與《說文》合。馬校：「『鬱』，局誤『鬱』。」

［三三］方校：「案：『詧曰』二字譌并爲『譥』，據《方言》五正。」按：明州本、潭州本、金州本、毛鈔、錢鈔注「譥」字作「詧曰」。段校、陳校、龐校、錢氏父子校同。馬校：「『詧曰』二字局誤爲『譥』字。」丁校據《方言》正。陸校：「脱『曰』字。」按：非脱也，蓋併入上「詧」字。

［三四］方校：「案：注下『長』字《韻會》同。《類篇》作『丈』，非。『餘』下《類篇》、《韻會》竝有『也』字，今據補。」

［三五］方校：「案：『周』譌『言』，據《類篇》正。『函』，《秋官·伊耆氏》作『咸』，鄭讀爲『函』。」按：明州本、錢鈔注「言」字正作「周」。陳校、龐校、錢氏父子校同。馬校：「『周』，局誤『言』。」吕校：「『言』宜作『曲』。」黄校：「彭年案：《曲禮》無『共其杖函』之文，此校不知何據。席簡函丈，丈或爲杖，蓋本此，然文義不可解，必有脱誤也。」

［三六］段校「嗟」作「咲」。陳校、陸校同。馬校：「『嗟』當爲『咲』，宋亦誤。《類篇》：『號極無聲曰咲哏。』」方校：「案：『咲』譌『嗟』，據《篇》、《韻》正。」

［三七］余校作「就」。某氏校：「《廣韻》作『就』，非。」

［三八］明州本、潭州本、金州本、毛鈔、錢鈔注「晾」字作「晾」。余校同。

［三九］明州本、潭州本、金州本、毛鈔注「榜」字作「搒」。段校、陸校、龐校、錢氏父子校同。馬校：「『搒』，局誤从木。」

［四〇］吕校：「脱『、』。」按：明州本、潭州本、金州本、毛鈔、錢鈔注「跟」字作「踉」。陸校同。馬校：「『踉』，局作『跟』，少點。」

［四一］方校：「案：『蘘』當作『穰』。」按：明州本、金州本、毛鈔、錢鈔注「蘘」字正作「穰」。龐校、錢氏父子校同。

［四二］某氏校：「『鄉』，凡偏旁从『鄉』者放此，今亦不能盡改也。」

［四三］陸校：「脱『一』字。」方校：「案：『鼆』入《曰部》，上不从日。注『曰』上奪『一』字，據本書通例補。」按：明州本、潭州本、毛鈔、錢鈔注「曰」上正有「一」字。龐校、錢氏父子校同。馬校：「『一』，局脱。」金州本注「一」字僅存其半，尚可辨識。

［四四］方校：「案：《類篇》『牗』作『牖』。」按：明州本、潭州本、金州本、毛鈔、錢鈔注「牗」字正作「牖」。龐校、錢氏父子校同。

［四五］陳校：「『鳥』，《類篇》作『烏』。」

［四六］明州本、潭州本、金州本、錢鈔注「羮」字作「羹」。龐校、錢振常校同。

［四七］方校：「案：《玉篇》擾後陳公子名，《廣韻》以爲陳桓子名，此與《類篇》竝云陳桓公子，其説互異，俟考。」按：明州本、錢鈔無注「擾」字，下魚向切「擾」字注「子」字下亦無「擾」字。

［四八］方校：「案：『懟』譌『對』，據《説文》正。」

［四九］明州本、毛鈔、錢鈔「暀」字作「暀」。段校、錢校同。馬校：「局作『暀』。凡从『徃』諸字皆如此作，局俱作『㞷』。宋凡从『徃』諸字皆作『㞷』，中畫連貫。」

［五〇］方校：「案：『迋』譌『迬』，據《説文》正。《説文·辵部》：『迋，往也。《春秋傳》曰：子無我迋。』《彳部》：『徃，之也。迬，古文从辵。』此引許書尚欠分析。」按：明州本、毛鈔、錢鈔注「迬」字作「迋」。龐校、錢振常校同。

［五一］按：《方言》見第十二，字作「忹」，此誤。

［五二］明州本、潭州本、金州本、毛鈔、錢鈔「克」字作「克」。段校、韓校、陳校、龐校、錢振常校同。方校：「案：『克』，宋本作『克』，《類篇》作『克』，今从宋本。」

［五三］明州本、毛鈔、錢鈔注「許」字作「訏」。錢氏父子校同。馬校：「『訏』，局作『許』。」方校：「案：『許』當从宋本及《類篇》作『訏』。」按：「許」「訏」雙聲，同在曉紐。金州本注作「許」，當是許之壞字。

［五四］方校：「案：《類篇》『水』作『冰』。」按：明州本、毛鈔、錢鈔注「水」字作「冰」。顧校、陸校、龐校、錢氏父子校同。潭州本、金州本作「冰」。

［五五］明州本、毛鈔、錢鈔「譃」字作「譃」。顧校、錢氏父子校同。

［五六］方校：「案：『迋』从王得聲，不應从壬，今據《類篇》正。」按：明州本、毛鈔、錢鈔「迋」字正作「迋」。陸校、龐校、錢氏父子校同。

［五七］方校：「案：『輒』譌从取，據《廣韻》正。」按：明州本、毛鈔、錢鈔注「輙」字正作「輒」。陳校、龐校、錢氏父子校同。呂校：「《廣韻》作『輒，爲也』。」馬校：「『輒』，局誤『輙』。」

［五八］方校：「案：『誑』譌从任，據《類篇》正。」按：明州本、毛鈔、錢鈔注「誑」字正作「誑」。陳校、龐校、錢氏父子校同。

四十二宕

［一］方校：「案：此謂汝南郡項縣，即今河南陳州府項城縣也，今本譌作『汝南有項宕鄉』，當據此及《類篇》正之。」

［二］余校「錫」作「鍚」。

［三］明州本、潭州本、金州本、毛鈔、錢鈔「讜」上有○。余校：「『讜』上當有○。」馬校：「此『讜』字上局刻無圈，宋有，是也。」方校：「案：『讜』上失圈隔，據宋本補。」

［四］方校：「案：『下』當从《類篇》、《韻會》作『丁』。」按：明州本、潭州本、金州本、毛鈔、錢鈔注「下」字正作「丁」。顧校、陸校、龐校、錢氏父子校同。馬校：「『丁』，局誤『下』。」

［五］明州本、毛鈔、錢鈔注「當」字作「當」。龐校、錢氏父子校同。馬校：「注『當』，局誤『當』。」

[六] 方校：「案：『眼』譌从艮，據《類篇》正。」按：顧氏重修本已改。

[七] 明州本、錢鈔注「冡」字作「冢」。顧校、錢振常校同。馬校：「局作『冢』，俗。」

[八] 明州本、錢鈔注「迴」字作「迥」。龐校、錢氏父子校同。按：潭州本、金州本、毛鈔作「迥」。

[九] 方校：「案：『狼』譌从良，據《類篇》及本文正。」按：顧氏重修本已改。

[一〇] 方校：「案：『硫』譌『砺』，據《類篇》正。」按：明州本、潭州本、金州本、毛鈔、錢鈔注「砺」字正作「硫」。陳校、陸校、龐校、錢氏父子校同。馬校：「『硫』，局誤『砺』。」

[一一] 方校：「案：『柄』譌『抦』，據《類篇》及宋《乾德儀仗志》注正。」按：明州本、金州本、毛鈔、錢鈔注「抦」字正作「柄」。陳校、顧校、陸校、龐校、錢氏父子校同。馬校：「『柄』，局誤『抦』。」

[一二] 方校：「案：『壤』譌『壞』，下文『囊』譌『曩』，『囊』譌『囊』，據《類篇》正。《類篇》惟『巏』作『巏』，與本書作『巏』竝誤。」

[一三] 明州本、錢鈔「曩」字作「囊」。龐校、錢氏父子校同。

[一四] 明州本、潭州本、金州本、錢鈔「囊」字作「囊」。錢校同。

[一五] 明州本、錢鈔「巏」字作「巏」。錢振常校同。

[一六] 方校：「案：注『並』字與下『傍』字重文『並』皆當从《類篇》作『竝』。」

[一七] 明州本、潭州本、金州本、毛鈔、錢鈔「髭」字作「髭」。段校、韓校、陳校、陸校、董校、龐校、錢氏父子校同。馬校：「『髭』，局誤『髭』，《類篇》正作『髭』。」丁校據《說文》改「髭」。方校：「案：『髭』譌从血，據宋本及《說文》正。」

[一八] 方校：「案：『漭』譌『潸』，注又譌『莽』，據《類篇》正。」按：毛鈔「潸」字正作「漭」，注「莽」字作「漭」。段校、陳校、龐校、錢氏父子校同。馬校：「注『漭』，局作『莽』，脫『水』旁耳。」

[一九] 方校：「案：《類篇》『耄昏』作『昏耄』。」

[二〇] 明州本、潭州本、金州本、毛鈔、錢鈔「莽」字作「莽」。錢氏父子校同。陳校作「莽」。呂校：「宜作『莽』。」又明州本、毛鈔、錢鈔注「舯」字作「舯」。又明州本、潭州本、金州本、毛鈔、錢鈔「庬」字作「庬」，注同。韓校、陳校、顧校、陸校、龐校、錢氏父子校同。馬校：「『庬』，局誤『庬』。」呂校：「宜作『庬』。」方校：「案：『莽』當从《說文》作『莽』。古文『庬』譌『庬』。注并譌『庬』，據宋本及《類篇》正，『舯』作『舯』，亦誤。」

[二一] 方校：「案：《後漢・趙壹傳》：『抗髒倚門邊。』注：『抗髒，高亢婞直之皃。』婞直者見棄，故倚門，今以何立詁抗髒，非是。」

[二二] 丁校據《說文》「軍」改「車」。方校：「案：『車』譌『軍』，據《廣韻》《類篇》正。」按：明州本、金州本、毛鈔、錢鈔注「軍」字作「車」。余校、陳校、顧校、陸校、龐校、錢氏父子校同。

[二三] 方校：「案：《說文》『亢』作『亣』，上不从二，《類篇》亦誤。」

[二四] 馬校：「『健』作『健』。」按：《漢書・朱博傳》：「伉俠好交，隨從士大夫，不避風雨。」顏注：「伉，健也。」

[二五] 方校：「案：此係新坿字。」

[二六] 方校：「案：《廣雅・釋器下》作『甒』，曹憲音釋云：『統音。亦有本作甒，口浪反。』」

[二七] 丁校據《周禮》改「襘襀」。方校：「案：『襘襀』譌『檜櫰』，據《天官・女祝》正。」按：明州本、毛鈔、錢鈔注「檜」作「襘」。段校、龐校、錢氏父子校同。顧校作「襘襀」。陸校同。馬校：「局誤『檜櫰』。」

[二八] 方校：「案：『昪』當作『昪』，《廣韻》《類篇》亦誤。」

[二九] 明州本、毛鈔、錢鈔注「偁」字作「稱」。錢氏父子校同。按：潭州本、金州本作「偁」，與《說文》合。

[三〇] 余校「頃」作「頓」。呂校：「宜作『穎』。」按：不當作「穎」，陳氏已言之。陳校：「《篇海》禾頓也，義同。或作『禾穎』，誤。」

[三一] 方校：「案：《釋名》未見，《類篇》『帋』作『紙』。」

[三二] 方校：「案：『宂』譌『宂』。下文『晥』譌『晥』，『慌』譌『慌』，竝據《類篇》正。」按：金州本、毛鈔「宂」字正作「宂」。龐校、錢校同。馬校：「局作『宂』。凡从『宂』諸字宋皆如此作，局刻俱作『宂』。」

〔三三〕明州本、潭州本、金州本、毛鈔、錢鈔注「目」上缺文爲「曠」字。龐校同。方校：「案：正文『曠』字缺，據宋本及《廣雅》補。『眹』當从《周禮·春官·瞽矇》注作『眹』。《廣韻》『曠』注作『眳』。『眳』與『眹』通，見《後漢書·盧植傳》注。」

〔三四〕方校：「案：『横木』譌『衡水』，據《類篇》正。」按：明州本、潭州本、金州本、毛鈔、錢鈔注「水」字正作「木」。段校、陳校、陸校、龐校、錢氏父子校同。馬校：「『木』，局誤『水』。」

〔三五〕明州本、潭州本、金州本、毛鈔、錢鈔注「絲」字作「絲」。顧校、陸校同。

四十三映

〔一〕方校：「案：『敽』譌『敽』，注又譌『敬』，據《説文》正。」按：明州本、金州本、毛鈔「敽」字作「敽」。陳校、龐校、錢氏父子校同。吕校：「『支』旁。」錢鈔「敽」作「敽」，注从攴。

〔二〕顧校「荒」作「荒」。

〔三〕陳校：「『禜』入《諍韻》鶯迸切。」

〔四〕方校：「案：『映』譌『暎』，據《類篇》及《文選·郭璞〈江賦〉》注正。」按：明州本、錢鈔「暎」字作「暎」。龐校、錢氏父子校同。

〔五〕丁校：「《廣韻》『鞕』字入《四十四諍》。」某氏校：「『鞕』、『硬』二字《廣韻》入《四十四諍》部，《韻會》諭孟切。」

〔六〕方校：「案：『𣲖』譌『𣲖』，據《説文》正。《類篇》从隸體作『𠂢』。」按：明州本、毛鈔、錢鈔「𣲖」作「𣲖」，注作「𣲖」。龐校、錢氏父子校同。

〔七〕方校：「案：『蹡』譌『蹡』，下『磬』注『磅』譌『磅』，竝據《類篇》正。」按：明州本、毛鈔、錢鈔注「蹡」字作「蹡」。錢氏父子校同。誤。

〔八〕段校「鼟」作「鼟」。陸校同。陳校从「彭」。馬校：「『鼟』當爲『鼟』，宋亦誤。下普孟切作『磬』，而蒲孟切作『磬』，誤同。《證韻》皮孕切『磅』字下『磅磬，石聲』，不誤。」

〔九〕段校作「磬」。陸校大字「磬」作「磬」，當是。參見下普孟切「磬」字。

〔一〇〕明州本、錢鈔注「磅磬」作「磅磬」。龐校、錢振常校同。按：當以本韻普孟切「磬」字注「磅磬」爲是。

〔一一〕方校：「『悙』譌『停』，據《類篇》正，下豬孟切『倀』注同。《類篇·人部》無『停』字。」按：明州本、毛鈔、錢鈔注「停」字作「悙」。龐校、錢氏父子校同。吕校：「『人』旁。」

〔一二〕陳校：「『繪』，《廣韻》作『繒』。」方校：「案：『繪』，《類篇》同，《廣韻》作『繒』。正文从木，作『橧』亦誤。」

〔一三〕方校：「案：『盯』譌『盯』。據《類篇》及本文正。」按：明州本、潭州本、金州本、毛鈔、錢鈔注「盯」字正作「盯」。段校、龐校、錢氏父子校同。馬校：「『注盯』，局誤『盯』。」

〔一四〕方校：「案：或體竝見《天地篇》釋文。」

〔一五〕明州本、毛鈔、錢鈔「瞠矇」作「矇瞠」。龐校、錢氏父子校同。馬校：「『矇瞠』，局互倒作『瞠矇』，依注宋本是也。」方校：「案：『矇瞠』誤倒，據宋本及注文乙。」

〔一六〕方校：「案：『榡』譌『棟』，據《類篇》及本文正。」按：明州本、潭州本、毛鈔、錢鈔注「棟」字正作「榡」。錢校同。馬校：「『榡』，局誤『棟』。」金州本模糊，似爲「榡」字。

〔一七〕明州本、潭州本、金州本、毛鈔、錢鈔注「丮」字作「丮」。陳校、龐校、錢氏父子校同。馬校：「『丮』，局誤『丮』。」方校：「案：『丮』譌『丮』，據宋本及《廣韻》正。」

〔一八〕余校作「臥」。

〔一九〕方校：「案：《儀禮·士虞禮》『鉤袒』注：『如今摒衣。』『摒』本音須緣切，同揎，手發衣也。此作『擯』，誤。」按：明州本、錢鈔「擯」字作「摒」。陳校、龐校、錢氏父子校同。馬校：「『摒』，局作『擯』，非。」

〔二〇〕明州本、潭州本、金州本、毛鈔、錢鈔注「肱」字作「肱」。汪校、陳校、龐校、錢氏父子校同。方校：「案：注『肱』譌

『胘』，據宋本及《類篇》正。」

[二一] 方校：「案：《玉篇》：『頨，圓面也。亦作圝。』本書『圝』字失收。」

[二二] 余校：「『文』，初印本作『女』，今正。」

[二三] 明州本、潭州本、金州本、毛鈔、錢鈔「蝀」字作「蝀」。段校、陳校、龐校、錢氏父子校同。馬校：「『蝀』，局作『蝀』。」

[二四] 方校：「案：『吳』譌『具』，據《類篇》正。」按：明州本、潭州本、金州本、毛鈔、錢鈔注「具」字正作「吳」。段校、陳校、陸校、龐校、錢氏父子校同。馬校：「『吳』，局誤『具』。」

[二五] 明州本、潭州本、金州本、毛鈔、錢鈔「慜」字作「[illegible]」。汪校、顧校、龐校、錢氏父子校同。方校：「案：古『慶』字《類篇》作『[illegible]』。」

[二六] 方校：「案：『夊』譌『文』，據《說文》正。」按：毛鈔注「文」字正作「夊」。余校、陳校、陸校同。馬校：「『夊』，局誤『文』。」

[二七] 明州本、潭州本、金州本、毛鈔、錢鈔注「占」字作「古」。余校、錢校同。

[二八] 明州本、毛鈔、錢鈔「詗」字作「詗」。潭州本、金州本作「詗」。馬校：「『詗』，宋誤，局作『詗』。」案：『詗』，見《史記·淮南王傳》：『爲中詗長安。』集解：『徐廣曰：詗，伺候采察之名。』索隱：『孟康音偵，西方人以反間爲偵。』《列女傳》五《京師節女篇》：『使要其女爲中詗。』《藝文類聚》、《太平御覽》作『中間』。今《列女傳》『詗』又譌作『譎』。」

[二九] 明州本、毛鈔、錢鈔注「恥」字作「耻」。

[三〇] 方校：「案：『競』，《類篇》同，據《說文》當作『競』。『譩』，當从《類篇》作『譩』。」

[三一] 方校：「案：『撤』譌『撤』，據《類篇》正。」按：明州本、潭州本、金州本、毛鈔、錢鈔注「撤」字正作「撤」。龐校、錢氏父子校同。

[三二] 明州本、毛鈔、錢鈔「泳」字作「泳」。錢氏父子校同。

[三三] 方校：「案：《說文·宫部》：『營，市居也。从宫，熒省聲。』謂省冖火，取《爾雅》『大山，宫；小山，霍』之義，故从宫。『禜，从示，營省聲』，謂省吕。別本『營』譌『榮』，段氏訂正，極是。」按：潭州本、金州本、毛鈔「禜」字作「禜」。段校、韓校、陳校、陸校同。

[三四] 段校「穰」改「禳」。陳校同，云：「从示。」馬校：「『禳』，局誤『穰』。」錢振常校同。方校：「案：此『禳』譌『穰』，『癘』譌『厲』，當竝正。」按：明州本、金州本、毛鈔、錢鈔注「厲」字正作「癘」。段校、韓校、陳校、陸校、馬校、錢振常校同。

[三五] 方校：「案：引《禮記》云云乃楚金語，非叔重原文，當刪」

[三六] 方校：「案：『醟』譌『醟』，據《說文》正。『酥』當从《類篇》作『酥』。」按：明州本、毛鈔、錢鈔「酥」字作「酥」，注同。注「酗」字作「酗」。陳校、龐校、錢氏父子校同。

[三七] 沈濤《說文古本考》：「《書·微子》釋文引作『酗酒也』。是古本有『酒』字，今奪。」

[三八] 明州本、毛鈔、錢鈔「鬘」字作「鬘」。韓校、陳校、錢氏父子校同。注「踜」字作「踜」。錢校同。馬校：「『鬘』，局誤『鬘』。《證韻》皮孕切『踜』字下『踜鬘，蹋地聲』，不誤。」

[三九] 方校：「案：『磈』譌从足，據《類篇》正。」按：明州本、錢鈔注「踜」作「磈」。陳校同。黃彭年校：「『踜』、『磈』竝从馮。」

四十四諍

[一] 陳校：「『跰』入《映韻》，音榜。《史記》云：『歲星出爲跰踵。』」方校：「案：此係新坿字。」

[二] 明州本、毛鈔、錢鈔注「也」字作「言」。陳校、陸校、龐校、錢氏父子校同。馬校：「『言』，局作『也』。」

[三] 方校：「案：『眘』下譌从目。據《類篇》正。」按：金州本注「眘」字正作「眘」。陳校、錢振常校同。馬校：「『眘』，局誤『眘』。《類篇》作『眘』，無『出』字。」

［四］陳校：「『皆』作『偕』。」

四十五勁

［一］明州本、毛鈔、錢鈔注「五」字作「三」。馬校：「『三』，宋誤。局作『五』。」方校：「案：宋本『五』作『三』，誤。」按：潭州本、金州本作「五」，不誤。

［二］方校：「案：《類篇》與此同，而《人部》無『伩』字，當作『伎』。伎，很也。」

［三］方校：「案：『㑲』當作『㑲』，『从人』下『奞』『在』字，『傳』譌『傳』，『錯』譌『錯』，據《説文》補正。『㑲求』之『㑲』，段氏从小徐本作『營』，又『所』下小徐本有『以』字，此从大徐。」按：明州本、毛鈔、錢鈔「㑲」字作「㑲」。陳校、龐校、錢氏父子校同。又明州本、毛鈔、錢鈔注「人」下有「在」字。段校、陳校、陸校、龐校、錢氏父子校同。馬校：「局脱『在』字。」丁校據《説文》補「在」字。又明州本、毛鈔、錢鈔注「傳」字作「傳」。段校、陳校、陸校、龐校、錢氏父子校同。又明州本、潭州本、金州本、毛鈔、錢鈔注「錯」字作「錯」。陳校、龐校、錢氏父子校同。馬校：「『傳』，局誤『傳』。『錯』，局誤『錯』。」

［四］馬校：「『夊』，局作『攴』。『攴』，正體。段校作『文』。」

［五］余校「瓜」字作「小」。馬校：「『瓜』疑『小』之譌。《説文》、《玉篇》皆云『小堂』，『小』不誤，『堂』又『屋』之譌也。《廣韻·四十五勁》不收『高』字。」

［六］方校：「案：『潚』譌『潚』，據《玉篇》正。」按：明州本、潭州本、毛鈔注「潚」字正作「潚」。龐校、錢校同。金州本字漫漶。

［七］明州本、毛鈔、錢鈔注「也」字作「名」，龐校同。

［八］方校：「案：《説文》首列『丼』字，當以『丼』爲正。『汬』，《類篇》『井』中加點，據《説文》當作『汬』。『陷』當作『陷』。」

［九］方校：「案：『叡』隷《叔部》，此作『叡』，非。『坑』字《土部》無之，當从段本作『阬』。」按：顧氏重修本已改「叡」。

［一〇］方校：「案：『䟫』，武后所作『聖』字，見《大周泰山碑》，左『長』右『壬』，葢取主正之義。『缶』，武后『正』字。」明州本、毛鈔、錢鈔注「䟫」字作「䟫」。段校、龐校、錢氏父子校同。馬校：「局作『䟫』，注同，誤。『缶』，即武后『正』字也。」

［一一］明州本、潭州本、金州本、毛鈔、錢鈔注「䎩」字作「䎩」。段校同。

［一二］方校：「『正』，字古文『正』、『𤴓』當从《説文》作『𤴓』、『𤴓』。」

［一三］明州本、錢鈔注「諫」字作「諫」。錢振常校同。

［一四］某氏校：「『成』在《説文》十四篇《戊部》即从戊，丁聲。俗書中从丁作『成』，非也。」

［一五］段校：「依《玉篇》从先作『兟』。」馬校：「案：《廣韻》：『兟，覝也。』字亦作『兟』。《玉篇·先部》曰：『兟，覝也。亦作偵。』《集韻》依《廣韻》而誤。『覝』、『兟』通未詳。」

［一六］按：《類篇》未收此音。參見平聲《青韻》囊丁切「寗」字。

［一七］明州本、錢鈔注「衜」字作「衜」。潭州本、金州本、毛鈔作「衜」。余校、韓校、陳校作「衜」。方校：「案：前訓見《廣雅·釋詁三》，『賣』作『賣』。後訓見《釋言》。」

［一八］明州本、毛鈔、錢鈔注「正」字作「政」。龐校、錢氏父子校同。

［一九］潭州本、金州本注「吳」字作「吳」。誤。明州本、毛鈔、錢鈔注作「吳」，不誤。

四十六徑

［一］明州本、毛鈔、錢鈔注「古」字作「吉」。陸校、龐校、錢氏父子校同。馬校：「『吉』，局誤『古』。」按：古、吉雙聲，同在見

紐。不誤。

[二] 毛鈔注「乏」字作「乏」。段校、龐校、錢氏父子校同。是。明州本、潭州本、金州本、錢鈔注作「乏」，亦誤。馬校：「局作『乏』，多一畫。」

[三] 按：《唐韻》古定切：「䞓，《字林》云：『獀聲。』」疑「聲」上當補「獀」字。

[四] 陸校「名」字作「石」。馬校：「『名』當爲『石』，宋亦誤。」又余校「虛」字作「虘」。方校：「案：『石』譌『名』，『虘』譌『虛』，『古』譌『占』，『籀』譌『蒥』，據《說文》正。」按：明州本、潭州本、金州本、毛鈔、錢鈔注「占」字正作「古」。余校、段校、陳校、陸校、龐校同。又明州本、潭州本、金州本、毛鈔、錢鈔注「蒥」字作「籀」。余校、陳校、顧校、陸校、龐校、錢振常校同。馬校：「『籀』从竹。局从艸，誤。」

[五] 方校：「案：《類篇》『擊』作『繫』，誤。」

[六] 明州本、潭州本、金州本、毛鈔、錢鈔注「母」字作「毋」。余校、龐校、錢振常校同。

[七] 方校：「案：注『鑿』譌『豐』，據《左・昭二十八年傳》杜注正。」按：明州本、錢鈔注「豐」字正作「鑿」。陳校、龐校、錢校同。

[八] 段校：「疑是『𩫖』。」龐校同。陸校作「𩫖」。馬校：「案：『高』疑是『𩫖』。《勁韻》傾夐切『𩫖，小屋也』，是其義。宋亦誤。《類篇》作『𩫖』。」方校：「案：《類篇》『高』作『𩫖』，今據正。」某氏校：「『高』當係『𩫖』字之訛。《說文》：『𩫖，小堂也。从高省，冋聲。』」

[九] 陸校「赤」字作「青」。馬校：「『赤』當爲『青』。宋亦誤。」方校：「案：『青』譌『赤』，據《類篇》正。」按：下千定切「靘」字注亦作「青黑色」。

[一〇] 方校：「案：『佞』譌『倿』，據《廣韻》正。後『譝』字注『倿誈』，亦當从《類篇》作『佞誈』。」

[一一] 方校：「案：『姓』譌从歺，據《說文・夕部》正。」

[一二] 余校「瀡」字作「瀙」。段校、陸校同。顧校、陸校同。陳校：「《說文》从靚。」馬校：「『瀡』當爲『瀙』，宋亦誤。『瀙』，局誤作『瀡』。」方校：「案：上『瀡』當从《說文》作『瀙』，下『瀡』當从《類篇》作『瀙』。」

[一三] 方校：「案：前訓《廣雅》未見，後訓見《釋詁三》。」

[一四] 顧校作「碃」。

[一五] 方校：「案：『柎』譌从手，據《類篇》正。」

[一六] 明州本、潭州本、金州本、毛鈔、錢鈔注「餌」字作「餌」。陳校、陸校、龐校、錢氏父子校同。馬校：「『餌』，局作『餌』，不成字。」

[一七] 段校：「《文選》注引司馬彪注：『逕庭，激過之詞也。』」

[一八] 明州本、錢鈔注「水」下有「皃」字。錢振常校同。馬校：「『皃』，局脱。」

[一九] 按：《廣韻》音訓同。無注「名」字。

[二〇] 錢校注「揷」作「插」。

[二一] 陳校：「从用，俗从冉。」方校：「案：『甯』下譌从冉，據《說文・用部》正。」

[二二] 方校：「案：『譋』譌『調』，據《說文》正。」按：明州本、毛鈔注「調」字作「譋」。陳校同。

[二三] 方校：「案：『鴂』譌从史，據《釋鳥》正。」按：明州本、金州本、毛鈔、錢鈔注「鴂」字正作「鴂」。陳校、顧校、陸校、龐校、錢氏父子校同。馬校：「『鴂』，局誤『鴂』。」

[二四] 顧校作「毋」。方校：「案：『毋』譌『毌』，據《左・僖七年》釋文正。作『寧』則本《穀梁》。」

[二五] 陳校：「『㬉』，《玉篇》从『子曰』之『曰』。」

[二六] 顧校：「『謟』作『諂』。」馬校：「『諂』，局作『謟』。」方校：「案：『諛諂』譌『諛謟』，據《廣雅・釋言》正。」

[二七] 明州本、潭州本、金州本、毛鈔、錢鈔注「倿誈」作「佞誈」。韓校、龐校、錢氏父子校同。

[二八] 陸校注「襌」作「禪」。

[二九] 方校：「案：『歐』譌『歐』，據《類篇》正。」按：明州本、金州本、毛鈔、錢鈔注「歐」字正作「歐」。陳校、龐校、錢氏父子

校同。

〔三〇〕明州本、毛鈔、錢鈔注「厠」字作「廁」。馬校：「『廁』，局作『厠』，少點。」

〔三一〕明州本、潭州本、金州本、毛鈔、錢鈔注「辵」字作「辵」。顧校、龐校、錢氏父子校同。馬校：「『辵』，局誤『辵』。」

四十七證

〔一〕龐校「鍪」字作「鍪」。汪校作「鍪」，云：「用《通志・六書略》及《佩觿》改。」又云：「前改非也。《金石文字》引《唐君臣正論》『永主久王』爲證。」

〔二〕明州本、金州本、毛鈔、錢鈔注「刀」字作「力」。韓校、陸校、龐校、錢氏父子校同。馬校：「『力』，局誤『刀』。」方校：「案：『力』譌『刀』，據宋本正。」

〔三〕方校：「案：《類篇》『尧』作『䙬』，與前書蒸切同，當據正。」

〔四〕按：《廣韻》音訓同，無「也」字。

〔五〕陳校「器」字作「品」。丁校據《説文》改「程」。方校：「案：『稱』譌『稱』，『程品』譌『徎器』，據《説文》正。」按：明州本、錢鈔注「徎」字正作「程」。顧校、陸校、龐校、錢校同。

〔六〕馬校：「『倆』，局作『倆』。」

〔七〕方校：「案：『爯』从冓省，此从冉，誤。」某氏校：「『爯』見《説文》四篇《冓部》，从爫，从冓省，凡从『爯』者放此。」按：明州本、錢鈔作「爯」。

〔八〕明州本、毛鈔、錢鈔「𥠹」字作「𥠹」。注同。龐校、錢氏父子校同。方校：「案：古體當依《類篇》作『𥠹』。」

〔九〕余校「拼」作「拼」。吕校：「宜作『拼』。」

〔一〇〕方校：「案：『雙』譌『雙』，『乘』譌『秉』，據《類篇》正。」

〔一一〕明州本、金州本、毛鈔、錢鈔注「丞」字作「承」。龐校、錢氏父子校同。

〔一二〕按：《廣韻》注「車」下脱「木」字。

〔一三〕明州本、潭州本、金州本、毛鈔、錢鈔「甑」字作「甑」，「鬻」字作「鬻」。龐校同。錢校並从「曾」。方校：「案：『甑』、『鬻』譌『甑』、『鬻』，『鬵』譌『鬵』，據《説文》正。」

〔一四〕方校：「案：『鬻』上譌从兟，各本《説文》同，據段氏校本正。」

〔一五〕陸校「糯」字作「穤」。與《方言》第四同。

〔一六〕按：下文里孕切「餕」字注「瞉」字作「瞉」。與《説文》同。

〔一七〕方校：「案：『下』上奪『四』字，據《説文》、《類篇》補。」

〔一八〕明州本、錢鈔注「皮」字作「部」。龐校、錢氏父子校同。《類篇》同。「皮」、「部」雙聲，同在並紐。

〔一九〕明州本、錢鈔「磈」字作「磈」。龐校、錢校同。

〔二〇〕陳校：「从冫，不从水。」方校：「案：『淩』譌『淩』，據《類篇》正。」按：明州本、金州本、毛鈔、錢鈔「淩」字正作「凌」。

〔二一〕明州本、錢鈔注「褢」字作「褢」。段校、龐校、錢振常校同。馬校：「『褢』，局作『褢』。」

〔二二〕方校：「案：『䐛』下奪『媔』字，據本文補。」按：明州本、潭州本、金州本、毛鈔、錢鈔注「䐛」下正有「媔」字。吕校：「脱『媔』字。」馬校：「『媔』，局脱。」

〔二三〕丁校據《吕覽》「民」改「氏」。按：明州本、金州本、毛鈔、錢鈔注「民」字正作「氏」。段校、韓校、陳校、陸校、馬校、龐校、錢氏父子校同。方校：「案：『氏』譌『民』，據宋本及《吕覽・本味篇》正。」

〔二四〕方校：「案：『古』下二徐本及《類篇》竝有『文』字，當補。」按：明州本、潭州本、金州本、錢鈔注「古」字下正有「文」字。段校、陸校、龐校、錢氏父子校同。馬校：「脱『文』字。」

〔二五〕方校：「案：『含』譌『舍』，據《秋官・薙氏》注正。」按：明州本、潭州本、金州本、毛鈔、錢鈔注「舍」字正作「含」。段校、陳校、陸校、龐校、錢氏父子校同。馬校：「『含』，局誤『舍』。」

[二六] 方校：「案：『興』从舁，从同，此作『興』，誤。」按：明州本正作「興」。錢校同。

[二七] 大徐本無。小徐本有。

[二八] 顧校注「荅」字作「苔」。陸校同。馬校：「『荅』，局作『答』；『答』、『荅』古今字。」

[二九] 方校：「案：此新修字義十九文之一，段本無。」

[三〇] 明州本、潭州本、金州本、毛鈔、錢鈔「膺」作「膺」。又注「䀛」字作「䀛」。余校、汪校、陳校、龐校、錢氏父子校同。

馬校：「『膺』作『膺』，『䀛』作『䀛』，均不成字。」方校：「案：『䀛』譌『䀛』，據宋本及《禮記·中庸》音義正。」

[三一] 丁校據《類篇》「林」字作「𣏟」。按：明州本、潭州本、金州本、毛鈔、錢鈔注「林」字作「𣏟」。余校、段校、陳校、陸校、龐校、錢氏父子校同。馬校：「『𣏟』，局誤『林』。」

四十八隥

[一] 方校：「案：『蹬』譌『磴』，據《廣韻》、《類篇》正。」按：明州本、潭州本、金州本、毛鈔、錢鈔「磴」字正作「蹬」。陳校、龐校、錢氏父子校同。

[二] 方校：「案：此與後懵紐毋亘切、贈紐昨亘切之『亘』並當作『亙』。」

[三] 方校：「案：此與後七鄧切之『蹭』皆新坿字。」

[四] 按：《廣韻》音訓同，無「兊」字。

[五] 明州本、潭州本、金州本、毛鈔「壹」字作「豋」。龐校、錢校同。

[六] 方校：「案：『撜』、『撜』並譌从木，據王本《廣雅·釋詁三》正。」

[七] 方校：「案：『𢾊』譌从支，據《類篇》正。」按：明州本、毛鈔、錢鈔「𢾊」字正作「𢾊」。陳校、顧校、龐校、錢振常校同。

[八] 方校：「案：『蹬』譌从足，據《類篇》正。」按：明州本、金州本、毛鈔、錢鈔注「蹬」字正作「蹬」。衛校、顧校、陳校同。

[九] 方校：「案：『母』譌『毋』，據《類篇》、《韻會》正。」按：毛鈔注「毋」字正作「母」。段校同。

[一〇] 方校：「案：《廣雅·釋器下》作『鐙』。」按：曹音夢。

[一一] 方校：「案：『棟』譌从柬，據《晉語》注、《文選·張衡〈西京賦〉》注正。」按：明州本、潭州本、金州本、毛鈔、錢鈔注「棟」字正作「棟」。龐校同。

[一二] 明州本、潭州本、金州本、毛鈔、錢鈔注「亞」字作「惡」。顧校、陸校、龐校、錢氏父子校同。汪校注「亞」下補「心」旁。

方校：「案：『惡』譌『亞』，據宋本及《類篇》正。」按：上文毋亘切「艶」注亦作「惡」。

[一三] 方校：「案：『賸』譌『贈』，《類篇》同，據《韻會》正。《廣韻》作『剩』，俗字。」按：明州本、錢鈔注「贈」字正作「賸」。陳校、顧校、錢振常校同。

[一四] 明州本、毛鈔、錢鈔「禮」字作「禮」。段校、陳校、陸校同。

[一五] 明州本、毛鈔、錢鈔注「作」字作「昨」，「玩」字作「玩」。陳校、龐校、錢氏父子校同。余校「玩」字作「玩」。汪校从元。

丁校據《説文》作「玩」。吕校：「宜作『玩』。」方校：「案：『作』當从《類篇》作『昨』，注『玩』譌『玩』，據宋本正。」

[一六] 方校：「案：『亙』从二从舟，與『亘』字不同。『亘』，宣、桓二音，凡書『恆』、『絙』、『拖』、『䱎』等字仿篆體稍欹，自別於从亘之『宣』、『桓』、『垣』、『洹』等字矣。」

[一七] 方校：「案：《廣雅·釋室》作『堩』，今亦改『堩』。」錢校作「埴」。

[一八] 方校：「案：《廣雅·釋詁二》作『晅』。注『暴』作『曝』，似作『暴』爲古。」

[一九] 余校「石」下增「連」字。

四十九宥

［一］錢振常校：「自宥紐至『舊』多漫漶。」

［二］方校：「案：『又』篆作『[illegible]』，以三岐象三指也。」

［三］方校：「案：『佑』譌『佔』。據《類篇》及本文正。」按：明州本、毛鈔、錢鈔注「佔」字正作「佑」。陸校、龐校、錢氏父子校同。

［四］方校：「案：『頄』譌从九。據《説文》正。段氏謂『頄』當作『頙』。」按：明州本、毛鈔、錢鈔「頄」字正作「頄」。段校、陳校、陸校、龐校、錢振常校同。馬校：「『頄』，局誤『頄』。」

［五］明州本、潭州本、金州本、毛鈔、錢鈔「王」字作「玉」。陳校、顧校、錢振常校同。馬校：「局少點，誤。」

［六］毛鈔注「柰」字作「桼」。顧校同。馬校：「『桼』，局誤『柰』，俗。」

［七］方校：「案：《説文》無『詠』字。當以『救』爲正。《廣韻》引《文字音義》云：『詠，止也，禁也，助也。』《一切經音義》九引《字詁》云：『古文詠、捄二形，今作救，同。居又切。』」

［八］明州本、金州本、毛鈔、錢鈔注「飽」字作「飽」，「飽」字作「飽」。陳校、陸校、龐校、錢氏父子校同。馬校：「『飽』，局誤『飽』。『飽』，局誤『飽』。」丁校據《説文》改「飽」爲「飽」，「飽」爲「飽」。方校：「案：『飽』譌『飽』，『飽』譌『飽』。據宋本及《説文》正。『祭』上大徐本有『民』字，此从小徐。」按：余校「祭」上補「民」字，蓋从大徐。

［九］明州本、金州本、毛鈔、錢鈔注「憎」字作「憎」。段校、陳校、陸校、龐校、錢氏父子校同。又明州本、金州本、毛鈔注「寇」字作「寇」。段校、陳校、陸校、龐校、錢氏父子校同。馬校：「『憎』，局誤『憎』。『寇』，局作『寇』，誤。大字作『寇』，不誤。」丁校據《爾雅》改「憎」爲「憎」，據《類篇》改「寇」爲「寇」。方校：「案：『憎』譌『憎』，據《爾雅・釋訓》正。『寇』，當从宋本作『寇』。」按：正文作「寇」。

［一〇］余校作「殷」。與《廣韻》同。

［一一］陳校：「《類篇》：『愁，又悅也。』按：《説文》無『愁』字。」按：明州本、毛鈔、錢鈔注「説文」作「悅也」。龐校、錢氏父子校同。

［一二］明州本、潭州本、金州本、毛鈔、錢鈔「畂」字作「畂」，注同。錢校同。龐校：「並从『久』。」

［一三］方校：「案：《説文》『鴡』作『雎』。」

［一四］方校：「案：上二字當从『久』，下二字當从『舊』。段氏校本據此補『匛』字於《匸部》『柩』字上。」

［一五］明州本、毛鈔注「鮌」字作「鮌」。顧校同。馬校：「『鮌』，局作『鮌』。」丁校據《爾雅》作「鮌」。方校：「案：『鮌』譌『鮌』，據宋本及《釋魚》正。」

［一六］毛鈔注「仇」字作「匹」。馬校：「『匹』，局誤『仇』。」案：「執」即「仇」字。」按：此似爲段氏校語。段校「仇」改「匹」，云：「『執』即『仇』。」方校：「案：《方言》三『執』作『杌』，音舊。注『仇』《類篇》作『讐』，誤。」

［一七］明州本「欲」字作「欲」。龐校、錢振常校同。

［一八］明州本、毛鈔、錢鈔「猶」字作「猶」。龐校、錢氏父子校同。

［一九］方校：「案：『晦』譌从耳。據《廣韻》正。」按：明州本、金州本、毛鈔、錢鈔注「晦」字正作「晦」。馬校：「『晦』，局作『晦』，不成字。」呂校：「宜作『晦朔』。」

［二〇］陸校：「『者』下脱『見《淮南》』三字。」按：此實段氏校語。

［二一］段校「穴」字作「穴」。

［二二］明州本、金州本、毛鈔、錢鈔「痻」字作「痻」。陳校、顧校同。馬校：「『痻』，局作『痻』。多一畫。」

［二三］明州本、毛鈔、錢鈔「樤」字作「樤」。錢氏父子校同。

［二四］方校：「案：『厥』當作『厥』。『包』，二徐本同，段氏依《類篇》改『苞』。」馬校：「『厥』，局作『厥』。」

[二五] 明州本、毛鈔、錢鈔注「搋」字作「搋」。段校、陳校、錢振常校同。

[二六] 陳校：「《廣韻》作『櫎』，《説文》作『櫎』，『褔』亦从西。」方校：「案：『樌』、『褔』譌『櫎』、『褔』，《類篇》同，據《説文》正。」按：明州本、毛鈔、錢鈔注「櫎」字作「櫎」。

[二七] 明州本、潭州本、金州本、毛鈔、錢鈔注「宂」字作「穴」。顧校、錢振常校同。

[二八] 方校：「案：《類篇》『枹』作『枹』。」

[二九] 陳校：「『謬』入《幼韻》。」丁校：「《廣韻》『謬』字入《五十一幼》。」

[三〇] 明州本、潭州本、金州本、毛鈔、錢鈔注「髻」字作「髻」。段校、陳校、陸校、龐校、錢氏父子校同。馬校：「『髻』，局誤『髻』。」方校：「案：《廣雅·釋器上》『鬠』作『鬠』，『髻』作『結』，宋本及《類篇》作『髻』，『結』、『髻』古通用。」

[三一] 方校：「案：『恒』譌『愊』，注『怒』譌『恣』，據《廣韻》、《類篇》正。」按：明州本、金州本、毛鈔、錢鈔「愊」字正作「恒」。陳校、龐校、錢振常校同。又明州本、毛鈔、錢鈔注「恣」字正作「怒」。陳校、馬校、龐校、錢振常校同。

[三二] 方校：「案：『㪅』譌『㪅』，據《説文》正。」按：明州本、金州本、毛鈔、錢鈔注「㪅」字正作「㪅」。龐校、錢氏父子校同。

[三三] 方校：「案：『瘦』譌『瘦』，據《篇》、《韻》正。」

[三四] 陸校作「福」。

[三五] 方校：「案：句見《龜策傳》，《經籍籑詁》引作『福』，非。」

[三六] 方校：「案：『罔』譌『罔』，據《玉篇》正。」按：明州本、金州本、毛鈔、錢鈔注「罔」字正作「罔」。余校、龐校、錢氏父子校同。

[三七] 明州本、錢鈔注「轉」字作「轉」。錢氏父子校同。誤。潭州本、金州本、毛鈔作「轉」。

[三八] 明州本、錢鈔「匑」字作「匑」。錢校同。

[三九] 明州本、潭州本、金州本、毛鈔、錢鈔注「卯」字作「夘」。陳校、顧校、錢振常校同。馬校：「『夘』，局作『卯』。」

[四〇] 明州本、潭州本、金州本、毛鈔、錢鈔「䀎」字作「䀎」。陳校、顧校、龐校、錢振常校同。

[四一] 丁校據《説文》作「土」。方校：「案：『土』譌『亡』，據《説文》正。」按：明州本、毛鈔、錢鈔注「亡」字作「土」。余校、陳校、顧校、陸校、龐校、錢振常校同。馬校：「『土』，局誤『亡』。」

[四二] 毛鈔「待」字作「持」。馬校：「『持』，局作『待』。下力救切『霤』注宋作『待』，此作『持』，宋本之誤也。」

[四三] 方校：「案：『𥢢』譌『𥢢』，注又譌『𥢢』，據《類篇》正。」按：明州本、毛鈔「𥢢」字作「𥢢」。

[四四] 顧校「㝗」作「㝗」。馬校：「『㝗』，局作『㝗』。」方校：「案：『㝗』譌『㝗』，據《類篇》及本文正。」

[四五] 方校：「案：《釋器下》『箛』作『篴』，《類篇》同，今正。」按：明州本注「箛」字作「篴」。錢振常校同。

[四六] 方校：「案：此係新坿字。」

[四七] 明州本、潭州本、金州本、毛鈔、錢鈔注「稩」字作「稩」。錢氏父子校同。與正文一律。

[四八] 吕校：「宜作『諛』。」許云：「『諛』字不誤。注中『史』宜作『諛』耳。」方校：「案：『臾』譌『史』，據《玉篇》正。」

[四九] 明州本、金州本、毛鈔、錢鈔注「宂」字作「穴」。段校同。

[五〇] 陳校：「『袖』，或書作『衷』，見《玉篇》。《廣韻》又有『褎』，同『袖』。」

[五一] 方校：「案：『袂』譌『袂』，下奪『也』字，據《説文》正補。《説文》以从由爲俗。」按：毛鈔注「袂」字正作「袂」。余校、段校、陳校、陸校、龐校、錢氏父子校同。馬校：「『袂』，局作『袂』，不成字。『也』，局脱。」

[五二] 吕校：「宜作『皆黑』。」

[五三] 方校：「案：二徐本『名』下有『曰』字，《類篇》引同，今補。」

[五四] 陳校：「《爾雅》：『火田爲狩。』」方校：「案：『犬』，《類篇》同。《爾雅·釋天》、《列子·黄帝篇》、《漢書·刑法志》皆作『火』。」

[五五] 方校：「案：『土』譌『士』，據《左·莊二十一年傳》注疏正。」按：明州本、潭州本、金州本、毛鈔、錢鈔注「士」字正作「土」。余校、陳校、馬校、龐校、錢氏父子校同。

[五六] 明州本、錢鈔注「罪」字作「咎」。龐校、錢振常校同。

[五七] 方校：「案：『稄』譌『稄』，據《廣韻》、《類篇》正。」按：明州本、潭州本、金州本、毛鈔、錢鈔注「稄」字正作「稄」。余校、顧校、陸校、馬校、龐校、錢氏父子校同。

[五八] 方校：「案：『赵』當从《類篇》作『趍』。」

[五九] 明州本、毛鈔、錢鈔注「大」字作「犬」。馬校：「『犬』，局誤『大』。」按：本韻許救切「臭」字注正作「犬」。

[六〇] 明州本、潭州本、金州本、錢鈔「咒」字作「呪」。龐校、錢振常校同。馬校：「『呪』，局作『咒』。」

[六一] 金州本、毛鈔注「視」字作「祝」。余校、陳校、顧校、陸校、龐校、錢振常校同。馬校：「『祝』，局作『視』，不成字。」

[六二] 方校：「案：『祝』譌『視』，據宋本及本文正。」

[六三] 余校「睭」作「瞯」。

[六三] 吕校：「宜作『付』。」馬校：「『付』，局誤『竹』。」丁校據《類篇》作「付」。方校：「案：『付』譌『竹』，據《類篇》正。」按：明州本、潭州本、金州本、毛鈔、錢鈔注「竹」字正作「付」。余校、陳校、錢氏父子校同。與《廣韻》合。

[六四] 明州本、毛鈔「鬵」字作「鬵」。段校同。馬校：「『鬵』，局作『鬵』。」

[六五] 方校：「案：此係新坿字。」

[六六] 明州本、潭州本、金州本、毛鈔、錢鈔注「許」字作「詩」。余校、陳校、龐校、錢氏父子校同。馬校：「『詩』，局作『許』。」方校：「案：『詩』譌『許』，據宋本正。」

[六七] 明州本、潭州本、金州本、毛鈔、錢鈔注「北」字作「此」。余校、陳校、龐校、錢氏父子校同。吕校：「宜作『此』。」馬校：「『此』，局誤『北』。」

[六八] 衛校：「『瘦』作『瘦』，『腴』作『腴』。」錢校同。

[六九] 陳校：「『鏞』，《類篇》作『鏞』。」按：明州本、錢鈔注「鏞」字正作「鏞」。

[七〇] 方校：「案：《釋詁》音義『蒐』止所求反，此音失收。」

[七一] 余校作「緺」。董校「緺」改从𦫵。錢校並改「𦫵」。方校：「案：从『𦫵』之字本書皆譌从『𦫳』，竝當改正。」

[七二] 方校：「案：『步疾』，《類篇》同，二徐本竝作『疾步』。」

[七三] 余校：「案：『娖切』當有脱文。」按：明州本、金州本、毛鈔、錢鈔注「娖切」作「娖也」。汪校、韓校、陳校、龐校、錢氏父子校同。方校：「案：『娖也』譌『娖切』，據宋本及《類篇》正。」按：上文側救切「㑇」字注與宋本同。

[七四] 明州本、毛鈔、錢鈔注「作謀」作「从言」。錢氏父子校同。段校：「『作謀』宋本作『从言』。」

[七五] 方校：「案：『晝』見《晝部》，从畫省，从日，篆作『[illegible]』。」按：明州本、潭州本、金州本、毛鈔、錢鈔「晝」字作「晝」。顧校同。

[七六] 方校：「案：『咮』譌从未，據《類篇》及本文正。」按：明州本、潭州本、金州本、毛鈔、錢鈔注「味」字正作「咮」。陳校、陸校、龐校、錢振常校同。馬校：「『咮』，局誤『味』。」

[七七] 余校「接」作「按」。陳校同。方校：「案：『按』譌『接』，據《類篇》正。」

[七八] 明州本、潭州本、金州本、毛鈔、錢鈔注「祐」字作「祐」。錢振常校同。

[七九] 方校：「案：『胄』下从月，此傳録之誤，注『兜鍪』譌『兆鍪』，據《説文》正。」按：明州本、金州本、毛鈔、錢鈔注「鍪」字正作「鍪」。陳校、顧校、錢氏父子校同。與《説文》合。又潭州本、金州本、毛鈔注「月」字作「冃」。余校、錢氏父子校同。明州本、錢鈔誤作「目」。

[八〇] 方校：「案：『籀』不从木，『擂』有抽義，故从手。『丣』古文『酉』，經典皆變爲『卯』。『卜籀云』三字《春秋》未見，葢『籀』即『䌷』字異文也。」

[八一] 潭州本、金州本、毛鈔「卜」字作「上」。龐校、錢振常校同。明州本、錢鈔誤作「十」。

[八二] 陳校：「《廣韻》作『䌷，卦兆辭也』。」方校：「案：《類篇》『䌷』入《卜部》，段氏以爲俗作。」

[八三] 余校「訓」作「訹」。方校：「案：『訹』譌『訓』，據《説文》正。」

[八四] 方校：「案：《廣雅・釋詁四》作『紬』。《史記・曆書》『紬績日分』，索隱音宙。」

[八五] 方校：「案：『經』譌『細』，據《類篇》正。文見卷八《海外北經》。」按：明州本、潭州本、金州本、毛鈔、錢鈔注「細」字

正作「經」。余校、陳校、顧校、陸校、龐校、錢氏父子校同。馬校：「『經』，局誤『細』。」

[八六]　方校：「案：『諸盩』即盩厔縣之『盩』，此作『盩』，誤。」

[八七]　方校：「案：《釋山》釋文郭音胄，『説』當作『讀』。」

[八八]　明州本、毛鈔、錢鈔注「朗」字作「朗」。段校同。馬校：「宋避諱，『朗』字如此，局作『朗』，失原本。」

[八九]　方校：「案：『出』譌『在』，據《説文》及《類篇》正。」

[九〇]　馬校：「局作『三十二』，誤。重刻改正。」

[九一]　余校作「畂」。韓校同。方校：「案：『坹』譌『坹』，『聯』譌『聯』，據《廣韻》、《類篇》正。『畂』當依注文作『畂』。」按：明州本、潭州本、金州本、毛鈔注「聯」字正作「聮」。陳校、龐校、錢氏父子校同。馬校：「『坹』，局誤『坹』。『聮』，局作『聯』。」

[九二]　陳校：「从申酉之『丣』。」方校：「案：《字鑑》謂《效韻》作『窌』，《宥韻》則當作『窌』，與《韻會》説同，當據正。」

[九三]　方校：「案：『䛛徻』即『宿留』異文。」

[九四]　丁校據《類篇》改「或」爲「待」。按：明州本、潭州本、金州本、毛鈔、錢鈔注上「或」字正作「待」。余校、韓校、陳校、顧校、陸校、龐校、錢氏父子校同。馬校：「『待』，局誤『或』。」方校：「案：『待』譌『或』，據宋本及《類篇》正。」

[九五]　方校：「案：此係新坿字。」

[九六]　方校：「案：『鷸』，今本作『鷸』，《爾雅・釋鳥》同。段氏依《釋文》所引改『鷸』，此與宋本、李燾本合。」

[九七]　段校：「《周禮音義》力冑反乃力胃反之譌也。」馬校：「案：『霤』不應有力救切，此由《周禮音義》力胃反誤作力冑反，故有此誤，《廣韻》無『霤』。」

五十候

[一]　明州本、毛鈔、錢鈔「候」字作「候」。馬校：「『候』，局作『候』。『候』正字，宋从俗本。」

[二]　明州本、潭州本、金州本、錢鈔注「育」字作「盲」。顧校、陸校、龐校、莫校、錢氏父子校同。毛鈔注作「盲」。馬校：「『盲』，局誤『育』。」丁校：「《類篇》作『盲』。」方校：「案：『盲』譌『育』，宋本又譌『盲』，據《類篇》正。」

[三]　方校：「案：《廣雅・釋詁三》作『𤠤』，曹憲音侯。各本譌从貝，又譌音候，觀此及《類篇》則相承久矣。姑存其説而不改，恐没其真也。」

[四]　明州本、毛鈔注「本」字作「平」。顧校、陸校、莫校同。馬校：「『平』，局誤『本』。」

[五]　方校：「案：此係新坿字。」

[六]　明州本、毛鈔注「悦」字作「説」。錢振常校同。汪校改「忄」从「言」。方校：「案：『悦』當从宋本作『説』。」

[七]　方校：「案：『蹇』譌『蹇』，據《廣韻》正。」

[八]　方校：「案：『𩐨』，䰞甘飴也。或作『蜜』，見《説文》。」

[九]　丁校據《廣韻》作「敷」。方校：「案：『敷』譌『數』，據《類篇》正。」按：明州本、潭州本、金州本、毛鈔、錢鈔注「數」字作「敷」。龐校、錢氏父子校同。

[一〇]　方校：「案：『臯』譌『臯』，據《類篇》正。《類篇》『成』作『城』，亦誤。」按：明州本、毛鈔、錢鈔注「臯」字正作「臯」。龐校、錢氏父子校同。潭州本、金州本作「臯」。

[一一]　明州本、毛鈔、錢鈔「蔻」字作「蔻」，注同。龐校、錢振常校同。

[一二]　丁校據《類篇》「寶」字作「竇」。按：明州本、潭州本、金州本、毛鈔、錢鈔注「寶」字作「竇」。陸校、龐校、錢氏父子校

同。馬校：「『寶』，局誤『寶』。」方校：「案：『寶』譌『寶』，據宋本及《類篇》正。」

〔一三〕明州本、毛鈔、錢鈔「豟」、「豿」字作「豟」、「豿」，注同。龐校：「並从豸。」

〔一四〕方校：「案：『堠』，當从《類篇》作『候』。『寇』字《說文》入《攴部》。補音苦候切。」按：明州本、毛鈔、錢鈔注「堠」字正作「候」。馬校、龐校、錢氏父子校同。

〔一五〕陳校：「《類篇》『力』作『也』。」

〔一六〕陳校：「『瞉』，从目，㱿聲。」方校：「案：『瞉』譌『瞉』，據《廣韻》、《類篇》正。《類篇》『瞉』入《目部》。」按：明州本、毛鈔、錢鈔「瞉」字正作「瞉」。顧校、龐校、錢氏父子校同。馬校：「『瞉』，局誤『瞉』，注同。《廣韻》作『瞉』。」

〔一七〕明州本、潭州本、金州本、毛鈔、錢鈔「罊」、「㱿」作「罊」、「㱿」。汪校、顧校、龐校、錢氏父子校同。段校作「㱿」。陸校同。陳校：「二字並从『㱿』，一从『土』，一从『缶』。」馬校：「『罊』，局誤『罊』。」又明州本、潭州本、金州本、毛鈔、錢鈔注「米」字作「未」。余校、段校、韓校、陳校、陸校、馬校、龐校、錢氏父子校同。方校：「案：『罊』譌『罊』，注『未』譌『米』，據宋本及《說文》正。『㱿』，當从《類篇》作『㱿』。」

〔一八〕方校：「案：『鷇』譌『鷇』，據《說文》正。」按：明州本「鷇」字作「鷇」。陳校、顧校、龐校、錢校同。馬校：「『鷇』，局誤『鷇』。」陳校：「『鷇』，《廣韻》作『鷇』。」

〔一九〕方校：「案：『磆』譌从商，據《類篇》正。」某氏校：「水磆，番車也，此作『磆』，非。」

〔二〇〕明州本、潭州本、金州本、毛鈔、錢鈔注「未」字作「求」。余校、段校、韓校、陳校、陸校、馬校、龐校、莫校、錢氏父子校同。馬校：「局誤『未』。」方校：「案：『求』誤『未』，據宋本及《說文》正。」

〔二一〕毛鈔注「瓺」字作「瓺」。余校、汪校、段校、韓校、錢校同。方校：「案：『瓺』譌『瓺』，據《說文》正。宋本及《類篇》作『瓺』，『瓺』、『瓺』古今字。」按：金州本注作「瓺」。

〔二二〕方校：「案：『瞉』譌『瞉』，下訓木名之『瞉』譌『瞉』，竝據《類篇》正。」按：明州本、毛鈔、錢鈔「瞉」字正作「瞉」。陳校、龐校、錢氏父子校同。馬校：「『瞉』，局作『瞉』。」

〔二三〕明州本、潭州本、金州本、毛鈔、錢鈔「瞉」字作「瞉」。顧校、錢校同。陳校：「内从手。」

〔二四〕方校：「案：『霿』譌『霿』。據《類篇》正。後莫候切『霿』注『瞉』作『瞉』，亦誤。」按：明州本、金州本、毛鈔、錢鈔注「瞉霿」正作「瞉霿」。陳校、顧校、龐校、錢氏父子校同。馬校：「『瞉霿』，局作『瞉霿』，皆誤。」潭州本注「霿」字作「霿」，亦誤。

〔二五〕方校：「案：『擩』譌从示，據《廣韻》正。『搆擩』，不解事也。『擩』音奴豆切。」按：明州本、潭州本、金州本、毛鈔、錢鈔注「襦」字正作「擩」。余校、陳校、馬校、龐校、錢氏父子校同。

〔二六〕明州本、毛鈔、錢鈔注「作」字作「从」。龐校、錢氏父子校同。與《類篇》合。

〔二七〕明州本、錢鈔注「玉」字作「上」。錢振常校同。誤。潭州本、金州本、毛鈔作「玉」。

〔二八〕金州本、毛鈔注「勤」字作「勤」。陳校、龐校、錢氏父子校同。方校：「案：『勤』譌『勒』，據宋本及《玉篇》正。」按：明州本、潭州本、錢鈔注作「勤」，爲「勤」字之誤。

〔二九〕方校：「案：『槊』作『𣪊』，不成字體，今據《類篇》正。」按：明州本、毛鈔、錢鈔「𣪊」字正作「槊」。龐校、錢振常校同。

〔三〇〕方校：「案：『瞉』當作『瞉』，《泰伯篇》釋文：『瞉，公豆反。』」按：明州本、毛鈔「瞉」字作「瞉」。龐校、錢振常校同。

〔三一〕方校：「案：『漬』譌从禾，據《說文》正。」按：明州本、金州本、毛鈔、錢鈔注「積」字正作「漬」。陳校、龐校、錢氏父子校同。馬校：「『漬』，局誤『積』。」

〔三二〕方校：「案：『次』譌『次』，據《方言》四郭注正。」按：按：明州本、毛鈔、錢鈔注「次」字正作「次」。顧校、陸校、龐校、莫校、錢氏父子校同。陳校：「从水。」馬校：「『次』，局誤『次』。」

〔三三〕方校：「案：《類篇》『烏』作『鳥』。」

〔三四〕明州本、毛鈔、錢鈔注「手」字作「千」。龐校、錢氏父子校同。誤。潭州本、金州本作「手」。

〔三五〕明州本、毛鈔、錢鈔注「系」字作「糸」。顧校同。馬校：「『糸』，局誤『系』。」

[三六] 明州本、潭州本、金州本、毛鈔、錢鈔「捜」字作「搜」，注同。龐校同。

[三七] 方校：「案：『敞』譌『敝』，據《説文》正，《類篇》作『敗』，義同。」

[三八] 明州本、金州本、毛鈔、錢鈔注「褢」字作「裹」。余校、韓校、陳校、陸校、龐校、錢氏父子校同。馬校：「『褢』，局作『褢』，不成字。」方校：「案：『裹』譌『褢』，據宋本及《類篇》正。」

[三九] 余校作「尯」。

[四〇] 某氏校：「『蝀』，博木、步木、蒲沃三音皆作『蝀』。」

[四一] 方校：「案：『苺』譌『苺』，據《類篇》正。」按：明州本、潭州本、金州本、毛鈔注「苺」字正作「苺」。余校、龐校同。

[四二] 方校：「案：《廣韻》『冃』作『冃』，《説文》：『冃，重覆也，从冂一，讀若艸苺之苺。』與訓小兒蠻夷頭衣音莫報切之『冃』異。此訓覆，又次『苺』下，自當作『冃』。」按：明州本、潭州本、毛鈔、錢鈔字皆作「冃」。余校、段校、陳校、陸校、龐校、莫校同。金州本作「冃」，似是壞字。

[四三] 丁校據《説文》作「木」。方校：「案：『木』譌『不』，據《説文》正。」按：明州本、潭州本、金州本、毛鈔、錢鈔注「不」字正作「木」。段校、陳校、陸校、莫校、錢氏父子校同。馬校：「『木』，局誤『不』。」

[四四] 方校：「案：『㲠』譌『㲠』，據本文正。《類篇》作『㲠』。」按：明州本、潭州本、毛鈔、錢鈔注「㲠」字正作「㲠」。陳校、顧校、龐校、錢氏父子校同。馬校：「局作『㲠』，不成字，大字作『㲠』，不誤。」金州本作「㲠」，與《類篇》同。

[四五] 方校：「案：《類篇》『蝃』作『蝥』，同。」

[四六] 明州本、毛鈔、錢鈔注「蛛」字作「蛛」。錢振常校同。潭州本、金州本缺點，是壞字。又明州本、潭州本、金州本、毛鈔、錢鈔注「蛟」字作「蛟」。余校、段校、韓校、陳校、龐校、錢氏父子校同。馬校：「局作『蛛蛟』，皆不成字。」丁校據《廣韻》改。方校：「案：注『蛛蛟』譌『蛛蛟』，據宋本及《廣韻》正。」

[四七] 方校：「案：『牆』譌『牆』，據《説文》正。《類篇》作『醬』，非許氏原文。」按：明州本、毛鈔、錢鈔注「牆」字作「牆」。余校、韓校、陳校、龐校、錢氏父子校同。

[四八] 方校：「案：三字竝當依《類篇》从母。」

[四九] 明州本、錢鈔注「範」字作「範」。錢振常校同。誤。潭州本、金州本、毛鈔作「範」。

[五〇] 方校：「案：《廣雅・釋器上》『釜』作『鬴』，汪氏據此及《類篇》正。」

[五一] 明州本、錢鈔注「冬」字作「各」。龐校、錢振常校同。誤。潭州本、金州本、毛鈔作「冬」。

[五二] 陳校：「从卯，篆作『貿』。」方校：「案：《説文・貝部》作『貿』，當以『貿』爲正體，『貿』爲或體。此作『貿』『貿』，竝非，注作『貿』，尤誤。」按：明州本、潭州本、金州本、毛鈔、錢鈔注「貿」字作「貿」。段校、陸校、龐校、錢氏父子校同。馬校：「『買』，局誤『賈』。」

[五三] 段校：「『杍』疑『杼』誤。」方校：「案：『杼』譌『杍』，據《類篇》正。」按：毛鈔注「杍」字正作「杼」。陳校同。

[五四] 方校：「案：『日』譌『曰』，據《類篇》正。」按：明州本、潭州本、金州本、毛鈔、錢鈔注「曰」字正作「日」。余校、段校、陳校、龐校、錢氏父子校同。馬校：「『日』，局誤『曰』。」

[五五] 方校：「案：當从《爾雅・釋天》作『天气下地不應曰雺』。《類篇》不誤。」

[五六] 明州本、潭州本、金州本、毛鈔、錢鈔注「二」字作「三」。陳校、龐校、錢氏父子校同。方校：「案：『三』譌『二』。據宋本正。」

[五七] 段校：「『㚇』作『㚇』。」莫校同。

[五八] 明州本、潭州本、金州本、毛鈔、錢鈔注「玉」字作「王」。陳校、龐校、錢氏父子校同。馬校：「『王』，局誤『玉』。」方校：「案：『王』譌『玉』，據宋本及《讓王篇》正。」

[五九] 明州本、錢鈔注「蝶」字作「蜞」。龐校、錢振常校同。誤。潭州本、金州本、毛鈔作「蝶」。

[六〇] 馬校：「『鏑』，局誤『鏑』。」方校：「案：『鏑』譌从商，據《廣雅・釋器下》正。《類篇》『砮』作『弩』，亦誤。」

[六一] 丁校據《類篇》作「插」。方校：「案：『插』譌『柿』，據《類篇》正。」按：明州本、錢鈔注「柿」字作「插」。潭州本、金州本、毛鈔注作「挿」。段校、陳校、陸校、龐校、錢氏父子校同。馬校：「『挿』，局誤『柿』。」

［六二］明州本、潭州本、金州本、錢鈔注「䵼」字作「鬻」。錢振常校同。

［六三］段校作「軏」。

［六四］陳校「㥄」作「㥄」。按：潭州本、金州本、毛鈔「㥄」字作「㥄」，注「春」字作「春」。陸校、錢氏父子校同。方校：「案：『㥄』譌『㥄』，『春』譌『春』，據宋本及《類篇》正。」段校「春」作「春」。馬校：「『㥄』局誤『㥄』，『春』局誤『春』。」

［六五］馬校：「局作『䓨』，宋本从矢，疑即『蔟』字之譌。」方校：「案：《周禮·秋官·哲蔟氏》鄭司農云：『蔟讀爲爵蔟之蔟，謂巢也。』釋文：倉獨反。此作『䓨』，音湊。《類篇》作『䓨』，入《木部》。均未詳所本。」

［六六］方校：「案：《說文》篆作『[illegible]』，隸作『㭗』，又變爲『奏』，此作『桊』，《類篇》作『㯳』，均非。」按：明州本、潭州本、金州本、毛鈔、錢鈔『桊』字作『㭗』。段校、韓校、陳校、陸校、龐校、錢氏父子校同。

［六七］方校：「案：『𣪠屚』當从《類篇》作『𣪠屚』。」注『𣪠』作『𣪠』，尤誤。」按：明州本注「𣪠」字作「𣪠」。龐校、錢振常校同。馬校：「『𣪠』，局作『𣪠』，據注當以『𣪠』爲正字。」

［六八］段校「[illegible]」作「从[illegible]」，「山」字作「屮」。方校：「案：注『从[illegible]』二字誤并爲『[illegible]』，『屮』譌『山』，並據小徐本正。」按：明州本、錢鈔注「[illegible]」字正作「从[illegible]」。段校、陸校、錢振常校同。余校分作兩字。馬校：「『从[illegible]』二字局誤作『[illegible]』，爲一字。上『屮』誤『山』，下『屮』作『屮』。」

［六九］方校：「案：《說文》：『[illegible]，瑞信也。[illegible]，从反卩。』則候切，隸作『𠂎』，此作『𠂎』，《類篇》作『𠃌』，均非。注『卩』當作『卩』。」按：明州本、毛鈔、錢鈔「𠂎」字作「𠃌」。陳校、龐校、錢氏父子校同。

［七〇］方校：「案：『鬭』當从《類篇》作『鬭』。」按：毛鈔注「鬭」字正作「鬭」。陳校、錢氏父子校同。

［七一］方校：「案：小徐本及《篇》、《韻》、《韻會》『杖』作『仗』，此與《類篇》从大徐，段本同。」

［七二］明州本、毛鈔、錢鈔「斢」字作「斢」。韓校、錢振常校同。誤。潭州本、金州本作「斢」。方校：「案：《類篇》『斢』入《斗部》，宋本作『斢』，非。」

［七三］方校：「案：此及下文『䛕』、『娖』、『陞』等字竝當从豆。」

［七四］余校「弨」作「弨」。錢校作「弨」。

［七五］方校：「案：『豵』譌从豕，據《楚語》正。」按：顧氏重修本已改正。

［七六］馬校：「案：『噣』、『咮』、『注』同音義，『喙』不宜列入。《詩·曹風》：『不濡其咮。』毛傳曰：『咮，喙也。』『咮』爲喙義，不以『咮』爲喙音。釋文虛穢反是也，又尺稅反，又陟角反。王引之《述聞》云：『咮、喙非一字，尺穢、直角兩反此喙之譌讀爲啄者也。』然則《集韻》丁候一切與釋文兩反，其誤正同。」

［七七］明州本、金州本、毛鈔、錢鈔「陞」字作「陞」。錢氏父子校同。

［七八］方校：「案：此係新坿字。」

［七九］方校：「案：古文『豆』，大徐本作『[illegible]』，小徐本作『[illegible]』，《玉篇》作『豆』，《類篇》作『豆』，此作『豆』，衆形雜出，今从段氏校本改『[illegible]』。」按：明州本、錢鈔「豆」字作「豆」。龐校、錢氏父子校同。馬校：「『豆』，局作『豆』，注作『豆』，不誤。」

［八〇］余校「弨」作「弨」。

［八一］方校：「案：『醬』譌『醬』，據《說文》正。」

［八二］方校：「案：『窋』，俗『竇』字。『啗』當从《類篇》作『陷』。」按：毛鈔注「啗」字正作「陷」。陳校、顧校同。馬校：「『陷』，局誤『啗』。」

［八三］明州本、毛鈔注「鍬」字作「鍬」。陳校、顧校、陸校、錢氏父子校同。馬校：「『鍬』，局作『鍬』。」

［八四］明州本、錢鈔注「嫞」字作「姓」。龐校、錢振常校同。誤。潭州本、金州本、毛鈔作「嫞」，與《類篇》同。參見前丁候切「短」字。

［八五］余校「節」作「刻」。陳校同。丁校據《說文》作「刻」。方校：「案：今本『節』作『刻』，段氏據此及《類篇》、《韻會》正。」

［八六］方校：「案：『阸』，大徐本同，段氏从小徐本作『阸』。」

[八七] 余校「創」作「瘡」。

[八八] 明州本、毛鈔、錢鈔「聊」字作「窷」。錢振常校同。馬校：「『窷』，局作『聊』。」按：《類篇·广部》無聊，《宀部》有「窷」字。

[八九] 方校：「案：『欶』譌『數』，據《廣韻》、《類篇》及本文正。」按：明州本、潭州本、金州本、毛鈔、錢鈔注「數」字作「欶」。陳校、龐校、錢氏父子校同。

[九〇] 明州本、潭州本、金州本、毛鈔、錢鈔注「構」字作「搆」。汪校、龐校、錢氏父子校同。方校：「案：『搆』譌从木，據宋本及《類篇》正。」馬校：「『搆』，局誤从木。」

[九一] 明州本、錢鈔注「染」字作「染」。錢校同。

[九二] 明州本、錢鈔「轂」字作「轂」。錢氏父子校同。

[九三] 方校：「案：王本《廣雅·釋詁四》『拄』字作『擩』。説文見前。」

[九四] 明州本、潭州本、金州本、毛鈔、錢鈔注「糸」字作「糸」。汪校、陳校、顧校。陸校、龐校、錢氏父子校同。馬校：「『糸』，局作『糸』。」方校：「案：『糸』譌『糸』，據宋本及《漢書·馮奉世傳》正。」

五十一幼

[一] 方校：「案：《方言》十一郭音幽。」

[二] 陸校「已」字作「己」。

[三] 明州本、毛鈔、錢鈔注「榦」字作「榦」。錢振常校同。

[四] 吕校「申」竝作「伸」。

[五] 馬校：「『祁』，局誤从卩。」莫校改「祁」。按：明州本、潭州本、金州本、錢鈔注作「祁」。

[六] 明州本、錢鈔注「榦」字作「幹」。

五十二沁

[一] 方校：「案：下文別出『揔』字，此當依正文作『棇』。《類篇》作『棇』，尤誤。」按：明州本、毛鈔、錢鈔注「揔」字作「棇」。龐校、錢氏父子校同。與字頭合。馬校：「『棇』，局作『揔』。大字作『棇』，从木。」

[二] 明州本、錢鈔注「揷」字作「插」。錢氏父子校同。

[三] 吕校：「『从心』宜作『省』。」

[四] 陳校：「『嵗』，《類篇》作『㪉』。」

[五] 陳校：「『濅』，同『浸』，《玉篇》作『寖』。《廣韻》又引《字林》作『𡫁』。」

[六] 吕校：「脱、。」方校：「案：『沱』譌『沱』，據《説文》正。」按：明州本、潭州本、金州本、毛鈔、錢鈔注「沱」字正作「沱」。陳校同。

[七] 陳校：「『鑯』，《類篇》作『鑯』。」方校：「案：『鑯』，譌从葴，注『箴』譌从艸，據《類篇》正。」

[八] 顧校「剌」字作「刺」。

[九] 衛校：「依注『顉』疑作『顉』。」陳校：「从岑，見『傓』字上注。」黄彭年校：「按：『顉』當作『顉』。」方校：「案：『顉』譌『顉』，據《類篇》及注文正。」

[一〇] 余校「卧」作「臥」。方校：「案：《類篇》『蓆』作『席』。」按：明州本、毛鈔、錢鈔注「蓆」字正作「席」。錢校同。馬校：「『席』，局作『蓆』。」

[一一] 方校：「案：『痓』當作『瘗』。」按：明州本、潭州本、金州本、毛鈔注「痓」字正作「瘗」。段校、陸校、錢氏父子校同。馬校：「兩『瘗』字局皆作『痓』。」

[一二] 明州本、毛鈔、錢鈔注「也」字作「皃」。錢校同。馬校：「『皃』，局誤『也』。」

[一三] 方校：「案：『剌』譌『刺』，據《荆軻傳》索隱正。」

[一四] 方校：「案：『舌』譌『𦧟』，據《玉篇》正。」按：明州本、毛鈔、錢鈔注「𦧟」字正作「舌」。段校、龐校、錢氏父子校同。

[一五] 陳校：「『癡』當作『疑』。馮衍《顯志賦》：『意斟愖而不澹。』」方校：「案：《類篇》『癡』作『疑』。後漢馮衍《顯志賦》：『意斟愖而不澹。』注：『斟愖，遲疑也。』」

[一六] 《類篇・見部》同。臣光曰：「《説文》从見，彤聲。讀若郴，今隸變作『䫖』。」

[一七] 潭州本、金州本、毛鈔注「彤」字作「彤」。明州本、錢鈔注作「彡」。龐校、錢氏父子校同。

[一八] 段校：「『綝』即『紺』字。」馬校同。

[一九] 明州本注「染」字作「染」。錢校同。馬校：「『染』，局『染』多點，誤。」

[二〇] 方校：「案：『桉』譌从手，據《類篇》正。《類篇》『桉』入《林部》。」按：明州本、潭州本、金州本、毛鈔、錢鈔注「按」字正作「桉」。段校、陳校、陸校、龐校、錢氏父子校同。馬校：「局作『按』，从扌。」

[二一] 明州本、潭州本、金州本、錢鈔注「提」字作「捉」。陳校、龐校、錢氏父子校同。馬校：「『捉』，局誤『提』。」

[二二] 明州本、潭州本、金州本、毛鈔注「固」下有「也」字。余校、陳校、龐校同。馬校：「『也』，局脱空。」

[二三] 方校：「案：『陰』當作『陰』，注『瘗』譌『瘗』，據《禮・祭義》注疏正。」

[二四] 方校：「案：『稟』字俗，當从《類篇》作『㐭』。《類篇》『鳩』作『鳩』，乃傳録之誤。」按：明州本、金州本、毛鈔「稟」字正作「㐭」。馬校：「局作『稟』，俗。」

[二五] 明州本、金州本、毛鈔「暉」字作「暉」。龐校、錢氏父子校同。

[二六] 潭州本、金州本注「宜」字作「宜」。

[二七] 陳校：「『正』，《類篇》作『止』。」按：明州本、錢鈔注「正」字作「止」。龐校、錢氏父子校同。誤。潭州本、金州本、毛鈔作「正」。

[二八] 方校：「案：『于』譌『干』，據《類篇》正。」按：明州本、潭州本、金州本、毛鈔、錢鈔注「干」字正作「于」。段校、陳校、陸校、馬校、龐校、錢氏父子校同。

[二九] 明州本注「淫」字作「淫」。錢校同。

五十三勘

[一] 按：此《説文・力部》新坿字，鉉音苦紺切。

[二] 方校：「案：此與後《五十四闞》憯紐『凝血』二字皆誤到，據《説文》乙。『䖔』當作『䘓』。『盦』，二徐本同，段氏校本作『䘓』，从贛，不省。」按：明州本、毛鈔、錢鈔「䖔」字正作「䘓」。龐校、錢校同。余校「䖔」並改从「臽」。馬校：「『䘓』，局誤『䖔』。」

[三] 馬校：「『䠍』，局作『䠍』，凡从『臽』諸字，宋皆如此作，局俱作『臽』，有點。」方校：「案：此與下『硌』、『埳』、『餡』、『脂』、『鋊』、『䖔』、『𨿽』等字當竝改从『臽』。『輡』字从舀，尤誤。」按：顧氏重修本作「輡」。

[四] 方校：「案：注『豉』譌从攴，據《類篇》正。」按：明州本、金州本、毛鈔、錢鈔注「豉」字作「豉」。段校、陳校同。馬校：「『豉』，局誤从攴。」

[五] 方校：「案：『也』下奪『或省』二字，據本書通例補。」

[六] 某氏校：「『淊』當从《玉篇》注『水和泥也』。此但云『泥皃』，意爲未備。」

[七] 陳校：「『脂』又入《闞韻》，下瞰切，同鋊。『鋊』入《闞韻》，下瞰切，炙令熟也。」按：《廣韻・闞韻》以「脂」爲正體，「鋊」

同「䐄」。

[八] 陳校：「『𦉪』入《闞韻》，下瞰切。」

[九] 陳校：「『𣆪』入《闞韻》，同歛。」

[一〇] 方校：「案：『揚』譌从木，據《說文》及《王莽傳下》注正。」按：明州本、潭州本、金州本、毛鈔、錢鈔注「楊」字正作「揚」。陳校、龐校、錢氏父子校同。馬校：「『揚』，局誤从木作『楊』。」

[一一] 明州本、毛鈔、錢鈔注「七」字作「六」。韓校、龐校、錢氏父子校同。馬校：「『十六』，局誤『十七』。」方校：「案：『十七』當从宋本作『十六』。」

[一二] 明州本、錢鈔注「錘」字作「鏟」。龐校、錢校同。

[一三] 方校：「案：『掩』譌从木，據《類篇》及前紺紐本字注正。」按：明州本、毛鈔、錢鈔注「椾」字作「掩」。余校、段校、陳校、陸校、龐校、錢氏父子校同。潭州本、金州本作「掩」，从手。

[一四] 方校：「案：《類篇》『背誦』下有『也』字，當據補。」

[一五] 丁校據《類篇》作「紺」。按：明州本、潭州本、金州本、毛鈔、錢鈔注「紨」字正作「紺」。段校、韓校、陳校、陸校、龐校、錢氏父子校同。馬校：「『紺』，局誤『紨』。」方校：「案：『紺』譌『紨』，據宋本及《類篇》正。」

[一六] 陳校：「《廣韻》作『㥂』。」

[一七] 明州本、金州本、錢鈔注「㨯」字作「㯿」。龐校、錢振常校同。

[一八] 方校：「案：《廣韻》『㨻』字別出，注：『手撼。』此『㨻』字从替，不成字體。」

[一九] 方校：「案：『㤁』亦『㤁』字之譌，據《類篇》正。」按：明州本、毛鈔注「㤁」字作「㤁」。陳校、錢氏父子校同。

[二〇] 陳校：「『鴘』，《五音集韻》从多。」

[二一] 明州本、潭州本、金州本、毛鈔、錢鈔注「井」字作「井」。陳校、錢振常校同。馬校：「『井』，局作『井』，少點。」

[二二] 方校：「案：『紺』譌『紨』，據《說文》補音正。」按：明州本、潭州本、金州本、毛鈔、錢鈔注「紨」字正作「紺」。余校、段

校、陳校、陸校、龐校、錢氏父子校同。

[二三] 方校：「案：『酒味苦』，大徐本作『酒味長』，小徐本作『䣰長味』，段氏从大徐。《篇》、《韻》訓酒味不長，與許義正相反。」

[二四] 明州本、潭州本、金州本、毛鈔、錢鈔注「峪」字作「峪」，與正文同。

[二五] 明州本、錢鈔注「礛」字作「礛」。錢氏父子校同。

[二六] 丁校據《類篇》作「䆲」。按：明州本、潭州本、金州本、毛鈔、錢鈔注「䆲」字正作「䆲」。汪校、陳校、顧校、陸校、龐校、莫校、錢氏父子校同。

[二七] 方校：「案：『槧』上失圈隔，據本書通例補。」按：明州本、潭州本、金州本、毛鈔、錢鈔「槧」上正有圈。陸校同。當補。

[二八] 毛鈔注「毋」字作「母」。陳校、顧校、莫校同。

五十四闞

[一] 潭州本、金州本、毛鈔注「歌」字作「欿」。汪校、陳校、馬校、丁校、龐校、錢振常校同。方校：「案：『欿』譌『歌』，據宋本及《類篇》正。」

[二] 陳校：「『歛』同『𣆪』，見《勘韻》呼紺切。」

[三] 丁校據《廣韻》作「予」。按：明州本、潭州本、金州本、毛鈔、錢鈔注「子」字作「予」。陳校、顧校、陸校、馬校、龐校、莫校、錢氏父子校同。方校：「案：『予』譌『子』，據宋本及《廣雅·釋詁三》正。前訓見《釋詁一》。」

[四] 陳校：「『峪』，又入《陷韻》公陷切，鹹味。」

[五] 明州本、潭州本、金州本、毛鈔、錢鈔「檜」字作「擔」。余校、陳校、顧校、陸校、龐校、莫校、錢氏父子校同。方校：「案：上『檐』乃『擔』字之譌，據宋本及《類篇》正。」

[六] 方校：「案：『飲』，《類篇》同，《廣韻》作『飯』。」

[七] 馬校：「『蚈』當爲『蚦』，宋亦誤。」方校：「案：『蚦』譌『蚈』，據《類篇》及《文選·王延壽〈魯靈光殿賦〉》注正。」莫校同。

[八] 方校：「案：『甛』譌从言，據《類篇》及本文正。」按：明州本、金州本、錢鈔注「䛬」字正作「甛」。段校、龐校、錢氏父子校同。

[九] 明州本、潭州本、金州本、毛鈔、錢鈔注「土」字作「上」。陳校、陸校、龐校、莫校、錢氏父子校同。馬校：「『上』，局誤『土』。」方校：「案：『上』譌『土』，據宋本及《說文》正。」

[一〇] 方校：「案：『甞』，大徐本作『畢』，小徐本作『滭』，《類篇》作『觱』，段氏校从本書。」

[一一] 方校：「案：《衛靈》釋文不收『嬌』字，《廣韻》以从水爲俗，此可據以訂今本《論語》之譌。」

[一二] 明州本、金州本、毛鈔、錢鈔注「皃」字作「貌」。顧校、龐校、莫校、錢校同。與全書用字不同。

[一三] 方校：「案：『刀』字衍，《類篇》同，據《釋詁二》刪。」

五十五豔

[一] 毛鈔「閻」字作「閻」。陳校同。馬校：「『閻』，局誤从舀作『閻』，注同。」方校：「案：此與下『爓』、『焰』等字竝當从『臽』，據《廣韻》、《類篇》正。」

[二] 方校：「案：《類篇》『掞』作『掞』，《韻會》止訓舒也。」按：明州本、錢鈔注「掞」字作「撚」。段校、陸校、龐校、錢氏父子校同。馬校：「『撚』，宋誤，當爲『掞』，局刻作『掞』，正『掞』字之誤。」

[三] 余校：「案：『召』字疑誤。」按：明州本、潭州本、金州本、毛鈔、錢鈔注「召」字作「石」。段校、汪校、陳校、陸校、龐校、莫校、錢氏父子校同。馬校：「『石』，局誤『召』。」方校：「案：『石』譌『召』，據宋本及《類篇》正。」

[四] 毛鈔「婬」字作「姶」。陳校、顧校、莫校同。馬校：「『姶』，局誤『婬』。」

[五] 陳校：「『俺』，同『㤿』，又入《梵韻》，甘心也。」

[六] 余校「犬」作「大」。汪校同。吕校：「多點。」方校：「案：『大』譌『犬』，據《廣韻》、《類篇》正。」

[七] 段校「絲」作「絲」。

[八] 陳校：「『誋』、『裺』、『淹』、『婄』、『㛪』五字入《梵韻》，於劍切。」

[九] 方校：「案：此見《方言》六，盧本『與』皆作『与』。」

[一〇] 方校：「案：二徐本同。李仁甫本及《廣韻》『拏』皆作『挐』。」

[一一] 曹本注脱「二」字。明州本、潭州本、金州本、毛鈔、錢鈔注均有。方校：「案：『文』下奪『二』字，據宋本補。」按：顧氏重修本已補。

[一二] 陳校：「『瞻』入《栝韻》，漸念切。」

[一三] 明州本、金州本、毛鈔、錢鈔注「如」字作「洳」。段校、陳校、陸校、龐校、錢氏父子校同。馬校：「『洳』，局誤『如』。」

[一四] 余校作「皃」。陳校：「『包』，《類篇》作『皃』。疑『色』之譌。」方校：「案：『皃』譌『包』，據《類篇》正。」

[一五] 方校：「案：『俠』當作『俠』。」按：潭州本、毛鈔注「俠」字作「俠」。顧校同。馬校：「『俠』，局誤『俠』，注同。」

[一六] 陳校：「『遠』，《類篇》作『速』。」方校：「案：『速』譌『遠』，據《類篇》正。」

五十六栝

［一］方校：「案：《廣韻·五十六㮇》。」

［二］明州本、潭州本、金州本、毛鈔、錢鈔注「不」字作「木」。段校、陳校、陸校、龐校、錢氏父子校同。馬校：「『木』，局誤『不』。」方校：「案：注『木』譌『不』，據宋本及《説文》正。」

［三］明州本、潭州本、金州本、錢鈔注「古」字作「舌」。余校、段校、陳校、陸校、龐校、錢氏父子校同。馬校：「『舌』，局誤『古』。」毛鈔原作「舌」，白塗未改。方校：「案：『舌』譌『古』，據宋本及《説文》正。」

［四］明州本、潭州本、金州本、毛鈔、錢鈔注「甛」字作「甜」。陳校、顧校、龐校、錢氏父子校同。

［五］陳校：「『和』，《類篇》作『味』。」方校：「案：《類篇》『和』作『味』，今正。」

［六］方校：「案：『阽』當从《類篇》作『阽』。」

［七］方校：「案：『隘』譌从口，據《説文》及《左·成六年》、《襄九年》傳正。」按：明州本、潭州本、金州本、毛鈔、錢鈔注「嗌」字正作「隘」。段校、陳校、陸校、龐校、莫校、錢氏父子校同。馬校：「『隘』，局誤『嗌』。」

［八］方校：「案：『目』譌『耳』，據《廣韻》、《類篇》正。」按：明州本、潭州本、金州本、毛鈔、錢鈔注「耳」字正作「目」。余校、陳校、顧校、陸校、龐校、莫校、錢氏父子校同。馬校：「『目』，局誤『耳』。」

［九］陳校：「『殿』當从《爾雅》作『歁』。」按：《爾雅·釋訓》作「殿」，釋文同。《類篇》作「歁」。按篆體隸作「歁」。

［一〇］方校：「案：『傾』譌『順』，據《説文》正。」

［一一］陳校：「『脸』，《博雅》作『貼』。」方校：「案：《廣雅·釋詁一》未見，《類篇》『脸』下亦無徒念切一音，或當作『貼』，『貼』曹憲音大念。」

［一二］方校：「案：『穖』譌『㭬』，『禾』譌『木』，據《廣韻》、《類篇》正。」按：明州本、潭州本、金州本、毛鈔、錢鈔注「㭬」字正作「穖」，「木」字正作「禾」。陳校、龐校、錢校同。馬校：「『穖』，局誤从木。」

［一三］方校：「案：『念』係俗作，當以『念』爲隸，『念』爲古。」

［一四］方校：「案：《類篇》作『㶇』，入《水部》，今正。」

［一五］錢鈔注「大」字作「穴」。錢校同。誤。明州本、潭州本、金州本、毛鈔作「大」，不誤。

［一六］方校：「案：『僭』从『朁』，上从『兓』，下从『曰』，此正文及注竝譌。」按：明州本、潭州本、金州本、毛鈔、錢鈔「僭」字作「僣」。顧校同。馬校：「局作『僣』，注『朁』从二『先』，均誤。」

［一七］陳校：「『曆』，《廣韻》漸念切。」

五十七驗

［一］陳校：「『驗』入《豔韻》，又證也，徵也，效也。」方校：「案：《廣韻》作《五十七釅》。止收『釅』、『𩐍』、『脅』、『𡜲』、『㚓』、『𤬍』、『㚆』七字，餘竝隸《五十五豔》。」某氏校：「《廣韻·五十七釅》。凡『驗』、『噞』、『㦓』同音之字，並隸《五十五豔》，下『窆』、『斂』等字同。隸《五十七釅》之字上止『釅』、『𩐍』、『脅』、『𡜲』、『㚓』、『𤬍』、『㚆』七字耳。」

［二］段校：「『醶』，今俗作『釅』。」

［三］明州本、潭州本、金州本、毛鈔、錢鈔注「桨」字作「漿」。汪校、陳校、龐校、錢校同。方校：「案：『漿』譌从木，《類篇》又譌『醬』。據宋本及小徐本正，大徐本作『桨』。」

［四］陳校：「『譣』、『㦓』二字亦入《豔韻》。」

［五］方校：「案：《廣雅·釋詁四》：『證，譣也。』曹憲云：『今人以馬旁驗字爲證譣，失之。』」

[六] 方校：「案：《周禮・鄉師》《遂人》注、《左・僖三十三年》、《昭十二年》傳注、《禮記・檀弓》注皆作『堋』，疑此『崩』字誤。」

[七] 段校「剌」作「刺」。

[八] 潭州本注「巳」字作「㔾」。顧校、陸校、龐校、錢校同。馬校：「『㔾』局誤『巳』，大字作『砚』，不誤。」

[九] 陳校：「《廣韻》入《豔韻》。」

[一〇] 明州本、錢鈔注「力」字作「刀」。誤。潭州本、金州本作「力」。

[一一] 方校：「案：『歛』从欠，非，《韻會》作『激』。」按：金州本注「歛」作「激」，陸校、莫校同。馬校：「『激』，局誤『歛』。」

[一二] 明州本、錢鈔注「喙」字作「㬥」。錢校同。非。潭州本、金州本、毛鈔作「喙」。

[一三] 方校：「案：『迫』譌『廹』，據《類篇》正。」按：明州本、金州本、毛鈔、錢鈔注「廹」字正作「迫」。錢氏父子校同。

[一四] 陸校「祓」作「被」。馬校：「『被』，局誤从示。」

[一五] 陳校：「『欠』入《梵韻》，今借爲欠少字。」

[一六] 明州本、金州本、毛鈔、錢鈔「㸌」字作「㸌」，注同。

[一七] 明州本、金州本、毛鈔、錢鈔注「从」字作「作」。龐校、錢氏父子校同。方校：「案：宋本作『或从人』，《類篇》作『或作佽』，今从宋本。」未知方説宋本爲何本。

[一八] 余校作「㰦」。陳校：「《禮韻》从欠。」

[一九] 方校：「案：『釞』當作『劒』。『釞』見入聲《五質》日紐，訓鈍也。又『欠』、『劒』同音之字，《廣韻》隸《六十梵》。」

[二〇] 方校：「案：『干』譌『于』，據《類篇》正。」按：金州本注「于」字作「干」。余校、段校、陸校同。馬校：「『于』當爲『干』，宋亦誤。」馬所云宋本蓋謂毛鈔也。

五十八陷

[一] 方校：「案：卷三《北山經》止作『鮥』，此與《類篇》从炎，非。畢氏云：『鮥父魚即杜父魚，見《本草》。』」

[二] 余校「父」作「文」。韓校同。

[三] 方校：「案：『㲊』當作『㲊』。」按：明州本、潭州本、金州本、毛鈔、錢鈔注「㲊」字作「㲊」。顧校、莫校同。馬校：「『㲊』，宋从北，是也。局从俗作『㲊』。」

[四] 陳校：「『鎌』，亦作『鐮』。」

[五] 段校：「『鮥』，宋人用此，亦作『鐮』。」馬校同。

[六] 陳校：「『歉』，《博雅》从攴。」按：《廣雅・釋詁四》作「歉」。

[七] 陳校：「『虢』同『䖘』。」

[八] 方校：「案：『敼』譌从支，據《類篇》正。」

[九] 金州本、毛鈔「繂」字作「縩」。錢振常校同。明州本、錢鈔作「繂」，誤。馬校：「『縩』，局作『繂』。疑當爲『繂』。」莫校同。

[一〇] 方校：「案：《類篇》同，《説文》下徹聲，《廣韻》下入聲。」

[一一] 方校：「案：『淊』譌从舀，據《廣韻》正。」按：明州本、潭州本、金州本、毛鈔、錢鈔「滔」字正作「淊」。余校、陳校、顧校、龐校、錢氏父子校同。馬校：「『淊』，局俱誤作『滔』。」

[一二] 方校：「案：此係新坿字。」

[一三] 余校：「『沮』，原校作『涅』。」方校：「案：『沮』，《廣韻》作『涅』，《類篇》作『沮』。陳侍御謂當从《類篇》，今考字書無

『泹』字，似當从《廣韻》。《玉篇·水部》二字均不收。」按：明州本、潭州本、金州本、毛鈔、錢鈔「沮」字作「泹」。陳校、龐校、錢氏父子校同。

［一四］陳校：「《玉篇》作『嗛』，重賣也，錯也。《廣雅》、《廣韻》并从廉。」方校：「案：『嗛』譌『賺』，據《釋詁三》及《廣韻》正。」

［一五］陳校：「『謙』，《廣韻》作『謙』，《類篇》亦作『謙』。」方校：「案：『謙』譌『謙』，據《廣韻》、《類篇》正。注『兼』當作『廉』。」按：金州本「謙」字作「謙」。按：明州本、金州本、毛鈔、錢鈔注「兼」字正作「廉」。陳校、龐校、錢氏父子校同。

［一六］方校：「案：『謏』譌『謏』，據《類篇》正。」按：明州本、毛鈔注「謏」字作「謏」。錢振常校同。

五十九鑑

［一］方校：「案：《廣韻·五十九鑑》。」

［二］方校：「案：《說文》：『獭，小犬吠也。』《廣韻》：『獭，小犬聲。』此『犬』上疑奪『小』字。」孫校：「詒讓案：此條案語手稿本缺，今以意補。」

［三］陳校：「《禮韻》胡監切。」

［四］某氏校：「『監』字从皿。凡『鑒』、『擥』、『覽』、『礛』、『鹽』諸字中，或从横目，非是。」

［五］陳校「水」上補「明」字。方校：「案：《類篇》同，據《說文》『水』上當補『明』字。」

［六］方校：「案：『从』當作『作』。」按：明州本、金州本、毛鈔、錢鈔注「从」字正作「作」。龐校、錢氏父子校同。

［七］方校：「案：『蹔』殘缺，據宋本及《廣韻》補。」按：方據曹本如此，顧氏重修本已補。

［八］陳校：「義同『醮』，或作『灂』。」

［九］方校：「案：『相』下『接』字殘缺，據《廣韻》、《類篇》補。」按：顧氏重修本已補。

［一〇］段校「刈」作「刈」。馬校：「『刈』當作『刈』，宋亦誤。」方校：「案：『刈』譌从又，據《類篇》正。」莫校同。

［一一］馬校：「凡从『毚』聲諸字，宋本皆有點。局『毚』、『毚』錯出。」

［一二］按：注「乂」字當作「叉」。

［一三］方校：「案：『眥』當从《類篇》作『眥』。」

［一四］方校：「案：『甎』字殘缺，據宋本及《廣韻》、《類篇》補。」按：曹本如此，顧氏重修本已補。

［一五］明州本、錢鈔注脫「一」字。潭州本、金州本、毛鈔有。

［一六］陳校：「《廣韻》入《陷韻》士陷切。輕言也。」

［一七］方校：「案：『堰』譌『偃』，據《類篇》正。」

［一八］方校：「案：《類篇》『涯』作『厓』。」

［一九］方校：「案：『廛』譌『廛』，據《周禮·地官》正。『傀』本作『總』，杜子春讀『總』當爲『傀』，徐音釋文失收。」

六十梵

［一］方校：「案：『圖』譌『啚』，據《類篇》正。『啚』，古『鄙』字。」

［二］陳校作「湓」。方校：「案：『湓』譌『盌』，據《廣雅·釋器上》及本文正。」

［三］陸校「楊」作「揚」。馬校：「『揚』，局誤从木。」方校：「案：『楊』當作『揚』，杜說見《左·宣十二年傳》。」

［四］段校「菱」作「葼」。陸校同。陳校：「『菱』，《廣韻》入《醶韻》。」馬校：「『菱』，局同，其正字當爲『葼』。」

［五］馬校：「《博雅》下宋本空，局同，應補『蕆』字。」方校：「案：『也』上缺『蕆』字，據《廣雅·釋詁二》補。」按：馬所謂宋本指毛鈔，明州本、金州本注文缺字爲「蕆」。段校、陳校、陸校同。

［六］陳校：「《梵韻》有『䟦』字。䟦口，墟名，在富春渚上也。於劒切。」